U0540965

中国古典诗词
名家菁华赏析丛书

清代词赏析

马 玮 主编

商务印书馆国际有限公司
中国·北京

主　编

马　玮

副主编

梁　静　马　楠

本册撰稿人

闫赵玉

编　委

（按音序排列）

方周立　罗　曼

马红英　马　骁

吴　芳　薛丹丹

闫赵玉　杨　敏

总　目

说明 2

前言 3

目次 7

正文 .... 1—251

说　明

一、本书选取清代（包括明末清初）47位词人的代表性词作83首。

二、所收词作选取比较通行的版本辑录而成。

三、所收作品按照词人生活年代的先后顺序排列。

四、作品前撰有作者简介，内容涉及词人的生卒年、名号、籍贯、主要仕历或人生经历、创作经历、创作特点、他人评价或在文学史上的地位等。

五、词的原文后列有难解字词、生僻字、历史词、方言词、古地名、出典、重要事件等的注释。

六、每首词都设有题解，内容包括词牌介绍、写作背景（或人物关系）、思想内容等。

七、每首词都设有赏析，主要阐述词作所蕴含的文学性和思想性，对于比较难懂的词句，一般有逐句翻译式的串讲，有名句的，大都给予点出。

八、本书使用简化字和现代汉语标点，在可能有歧义时，酌用繁体字或异体字。

九、行文中涉及的年份，一般用旧纪年，其后括注公历纪年，"年"字从略。

十、行文中如涉及与今地名不一致的旧地名时，在旧地名后括注今地名或其归属地。

前　言

　　王国维先生在《宋元戏曲史》中提出"一代之文学"的说法，"凡一代有一代之文学，楚之骚，汉之赋，六代之骈语，唐之诗，宋之词，元之曲，皆所谓一代之文学，而后世莫能继焉者也"。唐诗宋词并称为一代之文学，而清代词（本书称为清词）似乎长期以来在宋词的光芒下黯然失色。其实，清词是一个丰富而幽深的宝藏，其独到之处，即使是宋词也未必能及。

　　"清词中兴"的说法，早已在学界成为共识。吴梅《词学通论》认为："词至清代，可谓极盛之期。惟门户派别，颇有不同。二百八十年中，各遵所尚。虽各不相合，而各具异采也。……至于论律诸家，亦以清代为胜。"叶恭绰《清名家词序》认为："盖词学滥觞于唐，滋衍于五代，极于宋而剥于明，至清乃复兴。朱、陈导其流，沈、厉振其波，二张、周、谭尊其体，王、文、郑、朱续其绪。"龙榆生《近三百年名家词选》认为："词学衰于明代，至子龙出，宗风大振，遂开三百年来词学中兴之盛。"关于"清词中兴"的盛况，可以略分四点进行简述：

　　其一，词人数量极为庞大。胡云翼《中国词史略》中说："清词在词史上实被称为词的复兴时期。就数量的发展一点说，清词不但超过明代，超过金元，而且超过两宋。

清代的词人之多，真是我们所意想不到的。王昶的《清词综》，王绍成的《清词综二编》，黄燮清的《清词综续编》，丁绍仪的《清词综补编》，单此四书，共录词家三千余人，合宋、金、元、明四朝，尚无此盛！"南京大学程千帆教授主编《全清词》，仅顺治、康熙朝就有词50000余首，词人超过2100家。严迪昌教授估计清代词人达万人以上。而《全宋词》中所收两宋词人不过1330家。清词名家璀璨如宇宙星河，如朱彝尊、陈维崧、纳兰性德、王鹏运、朱祖谋、郑文焯、况周颐……而且，值得注意的是，清代还出现了许多才华横溢的女词人，如吴藻、贺双卿、顾春等，这些词人词作在本书中均有收录。

其二，词学流派竞相争鸣。清代词坛最为引人注目的现象就是词学流派的涌现。这种现象在清代以前是未曾出现的。虽然如今我们惯于以豪放派与婉约派来划分宋词，然而，宋代人在当时尚无此等清晰的流派意识。而清代词人则是自觉地提出各种词学观念，以确立自己开宗立派的理论旗帜。其中，影响最大的是三大词学流派——阳羡词派、浙西词派、常州词派。阳羡词派激楚慷慨，浙西词派清空骚雅，常州词派倡言比兴寄托。此外，还有云间词派、柳州词派、广陵词人群、梁溪词人群……词派论争给清代词学注入源头活水，促使其不断前进发展。

其三，词学理论精湛成熟。如果说，清词与宋词在艺术成就上未易轩轾，那么，在词学理论研究上，宋人则远远不及清人。万树守律之学，戈载审音之学，张惠言尊体之学，朱祖谋校勘之学，可并称清代词学四盛。清代词学巨著甚夥，在词的选本上，有朱彝尊《词综》、张惠言《词选》、谭献《箧中词》等；词话著作上，有谢章铤《赌棋山庄词话》、冯煦《蒿庵词话》、况周颐《蕙风词话》、王国维《人间词话》等。如王洪佳《清代词学》所说："经（浙、常）两派之提倡，为体乃尊。于是研究之风日盛，嗜之者，恒出毕生精力而为之。其态度严正，不似前人。此清儒'为学术而学术'之伟大精神也。末期则贯穿两宋，融洽诸家，而集一代之大成。创作之风既盛，研究之学益精，是词史一大结束也。"

其四，词作意境大为拓展。词体产生之初，无非是歌儿舞女红牙板传唱的流行小调，内容不脱风花雪月、筵席流连。在苏轼与辛弃疾的笔下，以词言志初见端倪，至南宋遗民词人，以词来咏叹歌哭，一部《乐府补题》将亡国之恨抒写得凄恻幽曲，已经预示着词将与更宽广的社会人生产生关联。至清代，向来被视为倚红偎翠、小道末技的词，在森密文网下，反而更适宜书写士人心底最隐秘的角落，词的抒情功能得到充分发挥。如龙榆生《近三百年名家词选·后记》中说："明、清易代之际，江山文藻，不无故国之思，虽音节间有未谐，而意境特胜。"清代屡经剧变，词人目击山河破碎、风雨飘摇，幽忧愤悱、缠绵芳洁之情，皆在词作中寄托遥深。可以说，词的境界，到清代方始开拓。

清词之美，令人如入宝山之境，值得每一位诗词爱好者深入了解与探求。本书择录清词菁华，或可使读者尝鼎一脔而知其味，以窥见其间之华彩飞动、气象万千。

目　次

陈子龙	天仙子－古道棠梨寒恻恻	2
	江城子－一帘病枕五更钟	4
夏完淳	一剪梅－无限伤心夕照中	7
李雯	风流子－谁教春去也	10
柳如是	浣溪沙－金猊春守帘儿暗	13
	金明池－有恨寒潮	15
吴伟业	江城子－柳花风急赛清明	18
	沁园春－客也何为	20
	贺新郎－万事催华发	23
王夫之	菩萨蛮－万心抛付孤心冷	27
曹亮武	望梅－真龙曾降	30
陈维崧	满江红－席帽聊萧	33
	点绛唇－晴髻离离	36
	沁园春－四十诸生	38
	念奴娇－灵均苗裔	40
蒋景祁	沁园春－把酒临风	44
朱彝尊	桂殿秋－思往事	48

	卖花声 – 衰柳白门湾	50
严绳孙	御街行 – 算来不似萧萧雨	53
顾贞观	金缕曲 – 我亦飘零久	56
	青玉案 – 天然一帧荆关画	60
徐灿	风流子 – 只如昨日事	63
尤侗	行香子 – 紫陌金车	67
屈大均	长亭怨 – 记烧烛	70
	梦江南 – 悲落叶	73
王士禛	虞美人 – 拔山盖世重瞳目	77
纳兰性德	浣溪沙 – 谁念西风独自凉	81
	画堂春 – 一生一代一双人	83
	蝶恋花 – 辛苦最怜天上月	85
	蝶恋花 – 今古河山无定据	87
	金缕曲 – 德也狂生耳	89
郑燮	沁园春 – 花亦无知	93
吴藻	乳燕飞 – 欲补天何用	97
	金缕曲 – 闷欲呼天说	101
厉鹗	百字令 – 春光老去	105
	百字令 – 秋光今夜	107
贺双卿	凤凰台上忆吹箫 – 寸寸微云	112
曹雪芹	唐多令 – 粉堕百花洲	115
	临江仙 – 白玉堂前春解舞	117
黄景仁	行香子 – 曲唱凉州	120
	金缕曲 – 姑妄言之矣	122
张惠言	水调歌头 – 东风无一事	126
	木兰花慢 – 尽飘零尽了	128

顾春	江城梅花引－故人千里寄书来	131
	江城子－烟笼寒水月笼沙	133
	金缕曲－何幸闻名早	135
龚自珍	湘月－天风吹我	139
林则徐	高阳台－玉粟收余	142
蒋春霖	木兰花慢－泊秦淮雨霁	146
	满庭芳－黄叶人家	149
	水龙吟－一年似梦光阴	152
周济	蝶恋花－络纬啼秋啼不已	156
谭献	蝶恋花－庭院深深人悄悄	159
	金缕曲－又指离亭树	161
文廷式	翠楼吟－石马沉烟	165
	水龙吟－落花飞絮茫茫	168
王鹏运	临江仙－歌哭无端燕月冷	171
	念奴娇－登临纵目	173
	点绛唇－抛尽榆钱	176
	满江红－荷到长戈	178
况周颐	鹧鸪天－如梦如烟忆旧游	182
	水龙吟－声声只在街南	184
郑文焯	谒金门－行不得	188
	鹧鸪天－水竹依稀濠上园	190
	夜行船－俊羽凌风飘玉叶	192
朱祖谋	鹧鸪天－野水斜桥又一时	195
	夜飞鹊－沧波放愁地	197
王国维	蝶恋花－昨夜梦中多少恨	200
	蝶恋花－百尺朱楼临大道	202

樊增祥	菩萨蛮 – 人言灞水清如剑	205
陈曾寿	八声甘州 – 慰归来	208
陈洵	霜花腴 – 绣篱淡菊	211
黄遵宪	双双燕 – 罗浮睡了	214
谭嗣同	望海潮 – 曾经沧海	218
梁启超	贺新郎 – 昨夜东风里	222
	暗香 – 东风正恶	225
秋瑾	满江红 – 小住京华	229
	望海潮 – 惜别多思	231
吕碧城	陌上花 – 丹砂抛处	235
李叔同	金缕曲 – 披发佯狂走	239
吴梅	临江仙 – 短衣羸马边尘紧	243
黄侃	寿楼春 – 看微阳西斜	247
	采桑子 – 今生未必重相见	250

陈子龙

陈子龙（1608—1647），字人中，后改字卧子，又字懋中，明亡后自号大樽。松江华亭（今上海）人。几社领袖，与复社相呼应，欲复兴古学。又与宋征舆、李雯并称为"云间三子"，为云间诗派首席。崇祯十年（1637）进士，任浙江绍兴推官。"甲申之变"后，事南明福王于南京。被权奸马士英所嫉，屡次进谏不被采纳，遂辞职归乡。南明灭亡后，陈子龙举兵抗清，失败后隐蔽于山中，又结太湖义军起事，不幸被捕，解送途中，寻机投水而死。

陈子龙工诗词、骈文，有《安雅堂稿》《陈忠裕公全集》，编有《皇明经世文编》等。被誉为"明诗殿军""明代第一词人"，诗文主张继承前后七子传统，有复古倾向。诗风或悲壮苍凉，充满民族气节；或伟丽秾艳，直追齐梁初唐，形成沉雄瑰丽的独特风貌。陈子龙论词，推尊五代北宋，具有"俊逸之韵""深刻之思""流畅之调""秾丽之态"。其词亦多以"绵邈凄恻"见长。著有《江篱槛》《湘真阁存稿》等词集。明朝灭亡后，陈子龙词作多抒写抗清复明之志和黍离之思，突破了早期词作闺房儿女的纤柔靡曼，词风婉畅浓逸，可谓"上接风骚，得倚声之正"。陈子龙身为抗清烈士，必不愿侧身清代词选之间，但是以陈子龙为领袖所形成的云间词派，对清词发展产生了深远的影响，一部清代词，也理应由陈子龙揭开序幕。

天 仙 子

春恨

古道棠梨寒恻恻①，子规满路东风湿②。
留连好景为谁愁。
归潮急，暮云碧。
和雨和晴人不识。

北望音书迷故国③，一江春雨无消息。
强将此恨问花枝，嫣红积，莺如织。
我泪未弹花泪滴。

注　释

① 棠梨：甘棠，俗名野梨。恻恻：伤痛的样子。
② 子规：杜鹃鸟的别名。传说为蜀帝杜宇的魂魄所化。在夜间鸣叫，声音凄切以致啼血，古人常借子规啼叫抒发思念故国之情。
③ 音书：此处指战况。故国：指明朝。

题　解

这首词写伤春伤别,其实寄托着深沉的怀念故国的情思。

赏　析

陈子龙早年也是一位意气风发的白衣公子,过着流连声酒、鲜衣怒马的生活。众所熟知的是他与柳如是的情事。《幽兰草》中所收录的明亡前的五十五首词,皆是春雨春风之音、游丝杨花之色。自1644年李自成攻入北京,崇祯帝自缢殉国,南明在金陵建立,陈子龙任兵科给事中,无奈弘光朝不思中兴恢复,反陷入倾轧争权的漩涡。他愤而辞职归乡。很快,清兵陷南京,福王政权灭亡。陈子龙在松江、太湖起兵抗清,很快就因寡不敌众失败了。陈子龙于苏州被捕,在押解途中投水而死。他的徒弟,天才诗人夏完淳也死难于南京,年仅十七岁。时代的凄苦给陈子龙之词注入另一种激怨骚楚之音。

这首《天仙子》写的也是"民族兴亡之感",与词人早期之吟风弄月之作截然不同。芳心花梦中隐含着香草美人之意蕴,不仅具首尾温丽之形式,更具刚烈之骨骼,却无剑拔弩张之势。"古道棠梨寒恻恻,子规满路东风湿",上阕勾勒出一片凄风苦雨的景象;"和雨和晴人不识",宛若瑶台仙子,却具独立的婀娜,背后却是孤臣孽子茫然自处之心绪。这些景象,都是词人忧国忧时心灵的外化。

"北望音书迷故国",怀故国而思往事,微微点露身世,却含而未吐。故"强将此恨问花枝",却只能是"我泪未弹花泪滴"。虽是清丽婉转之语,却嫣然欲绝,看似冷眼望去,骨子里却有着一颗炽热的心。"感时花溅泪,恨别鸟惊心",花鸟尚能感知亡国之痛,可见词人心中忧愤之深。

陈廷焯《词则·别调集》评价这首词为:"感时之作,笔意凄凉。"陈寅恪《柳如是别传》:"卧子诗馀中关涉春闺或闺阁之题目者颇多。……至于《柳梢青·春望》《天仙子·春恨》之类,则名士民族兴亡之感,与儿女私情绝无关涉。"

江 城 子

病起春尽

一帘病枕五更钟。
晓云空,卷残红。
无情春色,去矣几时逢?
添我千行清泪也,留不住,苦匆匆。

楚宫吴苑草茸茸①。
恋芳丛,绕游蜂。
料得来年、相见画屏中。
人自伤心花自笑,凭燕子,骂东风。

注 释

① 楚宫吴苑:吴楚的宫室园林,借指南方的风景胜地。

题 解

这首词作借惜春悼春来怀念故国,大致作于南明弘光政权灭亡后的一年。

赏 析

词题"春尽"也意味着亡国。"一帘病枕五更钟",化用唐代诗人李商隐的《无题》诗句"来是空言去绝踪,月斜楼上五更钟"。同时也是暗用寓示着宋朝灭亡的"五更钟"的典故。据《宋史·五行志》记载,宋代开国初期就有"寒在五更头"的民谣,后人认为"五更"谐音"五庚",预兆宋朝将在第五个庚申之后终止。如今"五更钟"再次响起,而明朝也覆亡了,作者心中不由充满着幻灭之感。"晓云空,卷残红"描写落花狼藉的景象,"残红"或是代指着朱明王朝。"添我千行清泪也,留不住,苦匆匆。"写出作者心中的无限悲感,他也曾为南明王朝鞠躬尽瘁,希望能够使其再度复兴,然而终究抵不过不断恶化的世道与人心,无非是多废了几行清泪,依然对明朝注定灭亡的结局于事无补。

下片"楚宫吴苑",用江南地方的园林宫苑代指定都于金陵的南明朝廷。如今宫苑里杂草丛生,蜂蝶乱舞,一幅衰败之景。而春天已经逝去了,"人自伤心花自笑,凭燕子,骂东风"是点睛之笔,燕子是春天的使者,东风是春天的象征,作者无限的惜春、伤春、感春、怨春情绪都蕴含在一个"骂"字里。整首词以婉转秀丽之笔,抒发凄恻冷落之情,可谓是神韵兼备。

陈子龙这首短短的小令,语言蕴藉,情思缠绵,淡淡数语,写出了思念故国的真挚感情,与飘忽不定的未来关系。

夏完淳

夏完淳（1631—1647），别名复，字存古，号小隐，又号灵首，松江华亭（今上海）人。为夏允彝之子，师从陈子龙。完淳自幼聪明，有神童之誉，少年时即胸怀大志，博极群书，"谈军国事，凿凿其中。"（王弘撰《夏孝子传》）十三岁，与同县友人杜登春等组织"西南得朋会"（后改为"求社"），为"几社"后继。清顺治二年（1645），清兵下江南，完淳年十五，随父、师在松江起义。父殉后，他和陈子龙继续抗清。顺治四年（1647），夏完淳兵败被俘，写下传诵千古的《别云间》："三年羁旅客，今日又南冠。无限山河泪，谁言天地宽！已知泉路近，欲别故乡难。毅魄归来日，灵旗空际看。"后来不屈而死，年仅十七。殉国前怒斥背叛明朝的洪承畴，彰显了可贵的精神气节。夏完淳的作品先曾编为《玉樊堂集》《内史集》《南冠草》《续幸存录》等。今人辑为《夏完淳集》十四卷。

一 剪 梅

咏柳

无限伤心夕照中。
故国凄凉,剩粉馀红。
金沟御水自西东①。
昨岁陈宫。今岁隋宫。

往事思量一晌空②。
飞絮无情,依旧烟笼。
长条短叶翠蒙蒙③。
才过西风。又过东风。

注 释

① 金沟:指古时宫中的沟渠。
② 一晌:片刻。
③ 长条:长的枝条,特指柳枝。

题 解

这是一首咏物词，借咏柳抒发作者心中的亡国悲痛，情感跌宕起伏，而不乏深沉的历史反思意味，代表了夏完淳后期词作所达到的艺术成就。

赏 析

夏完淳是一个早熟的少年天才与英雄，师承陈子龙，自幼就工于诗词，早期所作的诗词仍然带有浓厚的花间月下的旖旎风情，经过甲申之变后，一变而为悲壮顿挫之辞。在短暂的生命即将走到终点时，夏完淳用顽强不屈的笔触写就了最为激昂慷慨的篇章。这是一首咏柳之词。明末清初出现了许多咏柳之作，大多出自心系明朝的遗民笔下，寄托了深厚的故国情思。

"无限伤心夕照中。故国凄凉，剩粉馀红。"在夕阳中衰败的残柳既是明王朝的象征，又是作者内心的丰富写照。"金沟御水自西东"暗用红叶题诗典故，据《太平广记》卷第一百九十八记载，唐宣宗时中书舍人卢渥，"偶临御沟，见一红叶"，叶上题诗云："流水何太急，深宫尽日闲。殷勤谢红叶，好去到人间。"暗指明王朝也已经从高高在上的宫阙流落人间了。"昨岁陈宫。今岁隋宫。""往事思量一晌空。""陈宫"与"隋宫"都是历史上短暂覆灭的王朝，此处用来比喻偏安于南京不思恢复的南明政权。"飞絮无情，依旧烟笼。长条短叶翠蒙蒙。才过西风。又过东风。""西风"与"东风"是不断恶化的政治形势的反映，在清兵的不断打击下，明朝残存的最后一丝希望也消逝了，而作者本人也被拘捕，回首往事不由得无限悲怆。

夏完淳的诗歌汲取古典文学精华，又历经抗清斗争的磨炼，形成了慷慨悲壮、清新开朗的风格，有高度的艺术感染力。如柳亚子《题夏内史集》所赞颂："悲歌慷慨千秋血，文采风流一世宗。我亦年华垂二九，头颅如许负英雄。"

李雯

李雯（1607—1647），字舒章，松江华亭（今上海）人。少年时与陈子龙、宋征舆齐名，并称为"云间三子"。明崇祯十五年（1642）举人。清军入关时，李雯淹留京城，被清政府羁留。顺治初，被举荐授官为弘文馆撰文、内阁中书舍人，担任顺天乡试同考官。顺治三年（1646），南归葬父，第二年在返京途中染病，后不治而亡。著有《蓼斋集》四十七卷、《蓼斋后集》五卷，词集初名《仿佛楼草》，后附入《蓼斋集》编为一卷。

风 流 子

送春

谁教春去也?
人间恨,何处问斜阳?
见花褪残红,莺捎浓绿,思量往事,尘海茫茫。
芳心谢,锦梭停旧织,麝月懒新妆①。
杜宇数声②,觉余惊梦,碧阑三尺,空倚愁肠。

东君抛人易,回头处、犹是昔日池塘。
留下长杨紫陌,付与谁行。
想折柳声中,吹来不尽,落花影里,舞去还香。
难把一樽轻送,多少暄凉。

注 释

① 麝月:女子的装饰。麝是一种黄色的香料,古代女子以麝香画出新月形的花样贴在额上。
② 杜宇:相传蜀帝杜宇死后化为杜鹃,因思念故国日夜啼叫以致流出鲜血。

题 解

清朝建立后，李雯被迫出仕，做了中书舍人，还替亲王多尔衮写了一封信劝南明将领史可法投降。这引起昔日好友的不满，如侯方域、吴琪、宋琬都曾写诗讽刺批评过他。

赏 析

李雯在清朝虽然很受重用，但他心里一直有隐痛，"谁教春去也？人间恨，何处问斜阳？"开篇就是一个疑问的语气，表达了愤懑、哀愁的情绪。"花褪残红，莺捎浓绿"，残花落尽，黄莺鸟飞过一片浓密的绿荫，只让他想起了前尘往事，不禁百感愁肠。"锦梭停旧织，麝月懒新妆。""锦梭"是织布所用的工具，也比喻写诗作文。"新妆"比喻再投新朝改换门庭之人。虽然投靠了清朝，但是并不是心甘情愿地去迎合权贵，故说"懒新妆"。因杜宇的叫声很像"不如归去"，在诗词中多作为思念故乡及故国的隐喻。倚着曲折的回阑，只能感受到漫天的哀愁。

"东君抛人易，回头处、犹是昔日池塘。"这里的东君，既指掌管春天的神，又指迅速灭亡的南明小朝廷，美好的春光易逝，旧日的朝廷也早已成了梦中的泡影。而再回首看时，江山依然未改。"池塘"指杨柳生长的环境，也指作者心中的故国。"留下长杨紫陌，付与谁行。"万紫千红都不再了，而"长杨紫陌"又交给谁了呢？"想折柳声中，吹来不尽，落花影里，舞去还香。""折柳声"指的是古代的笛曲《折杨柳》，喻指思乡怀土之情，如唐代李白《春夜洛城闻笛》："此夜曲中闻折柳，何人不起故园情。"而落花虽然被吹落了，在风中依然飞舞着飘散最后的香味。"难把一樽轻送，多少暄凉。"结语蕴含着无限的感慨，本想以一杯酒来送别春天，但是这其中有无限的世态炎凉，岂是一杯酒能消解的。整首词语言清丽明白，却又寄托遥深，可谓是情辞兼称。

柳如是

柳如是（1618—1664），本名杨爱，字影怜，小字蘼芜，又称河东君，因读宋朝辛弃疾《贺新郎》中"我见青山多妩媚，料青山见我应如是"，故自号如是，浙江嘉兴人。早年入"吴江故相"周道登府中学习歌舞。崇祯四年，坠入青楼，名列"秦淮八艳"。先后与几社宋征舆、陈子龙相恋，均无果。崇祯十三年，柳如是驾小舟访半野堂，她一身儒士装扮，神情洒落，有林下风，令钱谦益一见倾心。钱谦益遂不顾世俗眼光纳柳如是为如夫人，柳如是常伴随左右，代钱谦益应酬宾朋。钱常戏称柳如是为"柳儒士"。她抱有天下兴亡，匹妇亦有责之理念，明亡后，她举身赴清池。又劝钱谦益反清复明，亲自易装至海上犒师。袁枚《题柳如是画像》赞道："勾栏院大朝廷小，红粉情多青史轻。"顾苓《河东君传》称其"游吴越间，格调高绝，词翰倾一时"。柳如是本为风尘中人，却以其洒落之襟抱、旷达之胸怀，超出同时代诸多标榜名士之浑浊须眉。更有国学大师陈寅恪先生在晚年失明膑足的境地下，沥血十年，辛苦搜捡，"然脂瞑写"，撰著八十万字《柳如是别传》，以抒"三户亡秦之志，九章哀郢之辞"，借以"表彰我民族独立之精神，自由之思想"。可见对柳如是的推许。柳如是作品存有《湖上草》《戊寅草》与《柳如是尺牍》。

浣 溪 沙

五更

金猊春守帘儿暗①。
一点旧魂飞不起，几分影梦难飘断。

醒时恼见小红楼②，朦胧更怕青青岸③。
薇风涨满花阶院。

注 释

① 金猊：香炉，呈狻猊形状，焚香时烟从口中喷出。
② 红楼：在松江，柳如是所居之所。
③ 青青岸：指杨柳岸，青青借指杨柳，古人有折柳送别的习俗。

题 解

这首词写柳如是与陈子龙的爱情生活。当时柳如是已经预感到两人终究是不能长相厮守的,因此词作在温馨的气氛中还透着感伤的情绪。

赏 析

这首《浣溪沙·五更》是与陈子龙的唱和之作,陈子龙《浣溪沙·五更》云:"半枕轻寒泪暗流,愁时如梦梦时愁。角声初到小红楼。风动残灯摇绣幕,花笼微月淡帘钩。陡然旧恨上心头。"可以与这首词参照着来看。"金猊春守帘儿暗",写作者在五更时醒来,天色昏暗,一如作者此时阴沉的心情。"一点旧魂飞不起,几分影梦难飘断",化用自宋代词人秦观《浣溪沙》词句"枕上梦魂飞不去"。旧魂飞不起,是因为心中有所牵挂,而作者所牵念的人,自然是陈子龙了。"醒时恼见小红楼",陈寅恪认为,"小红楼"是陈子龙与柳如是同居的南楼,为何是"恼见",是因为作者心中萌生出了离别之意。"朦胧更怕青青岸。薇风涨满花阶院。"而若是离开了小红楼,就要继续四处漂泊,这又是作者所不愿的,这时风声吹满闲庭院,更让作者产生了无限的惆怅不安。

金 明 池

咏寒柳

有恨寒潮,无情残照,正是萧萧南浦①。
更吹起、霜条孤影,还记得、旧时飞絮。
况晚来、烟浪迷离,见行客、特地瘦腰如舞②。
总一样凄凉,十分憔悴,尚有燕台佳句③。

春日酿成秋日雨。
念畴昔风流④,暗伤如许。
纵饶有、绕堤画舫,冷落尽、水云犹故。
忆从前、一点东风,几隔着重帘,眉儿愁苦。
待约个梅魂,黄昏月淡,与伊深怜低语。

注 释

① 南浦:出自战国屈原《楚辞·河伯》:"子交手兮东行,送美人兮南浦。"后因以南浦借指送别之地。如南朝江淹的《别赋》:"送君南浦,伤如之何?"
② 瘦腰:比喻秋柳之枝。宋代吴文英《昼锦堂》:"泪香沾湿孤山雨,瘦腰折损六桥丝。"
③ 燕台:唐代李商隐曾作《燕台诗》四首,描写爱情,传诵一时。洛中妓女柳枝尤为赞诵之。后以"燕台句"比喻言情之作。
④ 畴昔:往日,以前。

题 解

《金明池·咏寒柳》是一首咏柳之词,也是柳如是的代表词作,大致写于崇祯十二三年,在柳如是已与陈子龙分手五年之后与拜访钱谦益之前,是对过去感情生活的追忆与总结,抒写对身世凄凉、情感坎坷、年华逝去的慨叹,也是陈子龙、柳如是关系及钱谦益、柳如是因缘的转折点。

赏 析

柳如是写这首词时不过二十三岁左右的年纪,却已经经历了许多人世的风雨,自幼被卖到周家做歌姬,险些被害死。后来又流落青楼,所幸的是遇见了名士陈子龙,本想着能结成一段知音良缘,但还是被无情的现实拆散了。

这首咏物词通过写柳来暗写作者人生的遭际。"有恨寒潮,无情残照,正是萧萧南浦。"词作开篇就营造了一个凄凉的离别场景。"更吹起、霜条孤影"写在寒秋之时,衰败的柳枝在冷风中瑟瑟起舞,而柳如是小字"影怜","孤影"也是自身形象的写照。"还记得、旧时飞絮"化用自唐代刘禹锡《杨柳枝词》:"春尽絮飞留不得,随风好去落谁家。"往日的恋人陈子龙也写过:"念飘零何处,烟水相闻。"如今,还有谁记得旧日的飞絮呢?也只有当年写下的"燕台句"吧。

过片"春日酿成秋日雨"一句,既承接了上阕的抒怀,又为下阕的忆旧作了铺垫。"念畴昔风流,暗伤如许。""忆从前、一点东风,几隔着重帘,眉儿愁苦。"化用自宋代陆游《钗头凤》的诗意,"东风恶,欢情薄"即是"一点东风,眉儿愁苦"之出处。"宫墙柳"即指作者,"纵饶有、绕堤画舫,冷落尽、水云犹故。"画舫尚存,水云犹故,湖山无恙,而作者的心境却发生了彻底的改变。"待约个梅魂,黄昏月淡,与伊深怜低语"是全词的警句,借用了明代汤显祖的《牡丹亭记》的故事,杜丽娘在梦中遇见柳梦梅,感梦而亡,想要"待打并香魂一片,阴雨梅天,守的个梅根相见"。柳如是也希望能够与心上人在梦中再次相见,"黄昏月淡"化用自欧阳修《生查子》:"月上柳梢头,人约黄昏后。"可见柳如是对陈子龙的情深意重,然而陈子龙终究只是个匆匆过客。一年后,柳如是嫁给东林党魁钱谦益,钱谦益十分赞赏这首《寒柳词》,也算是能与柳如是"深怜低语"之人了。

吴伟业

吴伟业（1609—1672），字骏公，号梅村，别署鹿樵生、灌隐主人、大云道人，江苏太仓人。明万历三十七年（1609）生，崇祯四年（1631）参加科举考试，会试第一，廷试第二，崇祯帝亲自看了他的试卷以后大加赞赏，并赐给冠带与金莲宝烛。入清后杜门不出，然而顺治皇帝听闻其才名，力迫入京任职，官至国子监祭酒。三年后，告病归乡。康熙十一年（1672）辞世，死前留遗言命家人敛以僧装，墓前立圆石，只写"诗人吴梅村之墓"。可见其身仕二朝之恨。吴伟业是清初著名诗人，与钱谦益、龚鼎孳并称"江左三大家"，尤长于诗，代表作有《圆圆曲》。他的诗歌语言清丽，章法巧妙，学习白居易的歌行，又吸收了唐传奇的戏剧性与华美辞藻，融为独树一帜的诗风，被称为"梅村体"。著作有《绥寇纪略》《梅村家藏稿》《梅村诗余》《秣陵春杂剧》等，词亦足称名家，有《梅村词》。

江 城 子

风鸢①

柳花风急赛清明。
小儿擎,走倾城。一纸身躯,便欲上天行。
千丈游丝收不住,才跌地,倏无声。

凭谁牵弄再飞鸣。
御风轻,几人惊。江南二月听呼鹰。
赵瑟秦筝天外响②,弹不尽、海东青③。

注 释

① 风鸢:即风筝。
② 赵瑟秦筝:赵地的瑟,战国时瑟主要流行于赵国,故称赵瑟。筝最初产生于秦地,故称秦筝。
③ 海东青:一种雕类的鸟。

题 解

这是一首咏物词,名为咏风筝,但是据前人考证,其实是在暗里讽刺奸臣阮大铖的恶劣行径。

赏 析

阮大铖依附魏忠贤阉党,打击东林党人,后来身陷逆案中,为复社、几社中的清流文人所不容,以吴应箕、陈贞慧为代表的文人士子曾联名起草《留都防乱公揭》,以防止阮大铖翻案。吴伟业曾经师事复社领袖张溥,又是复社中坚人物,对阮大铖的人品、行为十分鄙薄。

"一纸身躯,便欲上天行。"写阮大铖依附阉党暂时小人得志的傲慢。"千丈游丝收不住,才跌地,倏无声。"则是写阉党败落后,阮大铖仓皇失措的丑态,"游丝"也点出了阮大铖所依附的阉党看似高高在上、不可一世,而实际上脆弱不堪的本质。"凭谁牵弄再飞鸣。御风轻,几人惊。"则是写南明朝廷建立后,在奸相马士英的引荐下,阮大铖再次攀上高枝,担任兵部尚书,意气洋洋地飞上青云。"赵瑟秦筝天外响","瑟""筝"同"阮"都是弹拨类乐器,暗指阮大铖之姓氏。"弹不尽,海东青。"即是暗指阮大铖字圆海。这首词以比喻、拟人等诸多手法来写风筝,以揭露讽刺阮大铖的丑态与恶性,却又能处处落在所咏之物"风筝"上,立意巧妙而自然,用笔十分辛辣,不啻为一篇战斗檄文。

沁 园 春

赠柳敬亭①

客也何为，八十之年，天涯放游。
正高谈挂颊，淳于曼倩②，
新知抵掌③，剧孟曹丘④。
楚汉纵横⑤，陈隋游戏⑥，舌在荒唐一笑收。
谁真假，笑儒生诳世，定本春秋。

眼中几许王侯。记珠履三千宴画楼⑦。
叹伏波歌舞⑧，凄凉东市⑨，
征南士马，恸哭西州。
只有敬亭，依然此柳，雨打风吹絮满头。
关心处，且追陪少壮，莫话闲愁。

注 释

① 柳敬亭：原姓曹，名永昌，字葵宇，号逢春，明末清初著名说书艺人，又被称为柳麻子。

② 淳于、曼倩：战国时齐人淳于髡。汉代东方朔，字曼倩。皆以博学滑稽、能言善辩著称，而且都是帝王的近臣。

③ 抵掌：击掌，指人在谈话中的兴奋神态。

④ 剧孟、曹丘：剧孟，汉代洛阳人，以任侠好义为世所称道。曹丘，即汉代曹丘生，楚地的辩士，据《史记·季布栾布列传》记载，曹丘生曾对季布的任侠义举四处赞扬，季布因此盛名益广。后来因以"曹丘"或"曹丘生"作为引荐、称扬者的代指。

⑤ 楚汉：指秦末时刘邦与项羽的楚汉之争。

⑥ 陈隋：指隋文帝杨坚灭南朝陈的故事。

⑦ 珠履：出自《史记·春申君列传》。"春申君客三千余人，其上客皆蹑珠履以见赵使，赵使大惭。"柳敬亭曾入明末统帅左良玉的幕府，故用此典。

⑧ 伏波：汉代将军的一种名号。西汉路博德、东汉马援都受封为伏波将军（见《汉书·武帝纪》《后汉书·马援传》），以马援最为知名，如唐代李益的《塞下曲》写伏波将军马援："伏波惟愿裹尸还，定远何须生入关。莫遣只轮归海窟，仍留一箭射天山。"后用来作为将军的代称。此处以"伏波"指将领左良玉，因左良玉曾先后被封为宁南伯、宁南侯。

⑨ 东市：汉代在长安东市处决判死刑的犯人。后以"东市"泛指刑场。如唐代杜牧《河湟》："旋见衣冠就东市，忽遗弓剑不西巡。"

题 解

这首词是赠给明末清初时期著名说书艺人柳敬亭的，因作者与柳敬亭都经历了王朝的倾覆变迁，这首词里也寄托了深厚的历史沧桑感。

赏 析

清初时的文人们写给柳敬亭、苏昆生两位艺人的词作数以百计，因为柳、苏都曾是左良玉的座上客，见证了南明小朝廷迅速消亡的历史。张岱写过《柳敬亭说书》，黄宗羲作《柳敬亭传》，孔尚任《桃花扇》中也写到了柳敬亭、苏昆生，可见此二人的影响之广。

吴伟业这首词也是很值得注意的一首，"客也何为，八十之年，天涯放游。"此时柳敬亭已经八十岁高龄了，依然浪迹江湖。然后作者用一连串的历史典故描绘了柳敬亭说书时的场景氛围，淳于髡、东方曼倩、剧孟、曹丘生，楚汉争霸，陈隋战争……"舌在荒唐一笑收"一句表现出作者对柳敬亭高超说书技艺的赞赏。黄宗羲在《柳敬亭传》中也对他说书场景有过形象生动的描绘："流离遇合、破家失国之事，无不身亲见之，且五方土音，乡俗好尚，习见习闻，每发一声，使人闻之，或如刀剑铁骑，飒然浮空，或如风号雨泣，鸟悲兽骇，亡国之恨顿生，檀板之声无色。"足可见其高超的艺术感染力。

下片转向对现实的反思，"眼中几许王侯。记珠履三千宴画楼"是对当年盛况的回忆。"叹伏波歌舞，凄凉东市，征南士马，恸哭西州"则是暗写南明小朝廷的迅速消亡，回想起来，令人不由得感慨唏嘘。"依然此柳，雨打风吹絮满头"是对全篇的总结，"柳"指柳敬亭，"雨打风吹"指柳敬亭已经饱经沧桑，"絮满头"比喻他已经鬓发如霜。

整首词以酣畅淋漓的笔墨，抒写了一个说书艺人在大时代中的命运际遇，具有浓重的历史沧桑感。如《桃花扇》开篇所云："当年真如戏，今日戏如真。"这首词以吴伟业本人最擅长的"梅村体"歌行之法融入长调中，对后来陈维崧等阳羡词人有很大的影响。

贺 新 郎

病中有感

万事催华发。
论龚生①、天年竟夭②,高名难没。
吾病难将医药治,耿耿胸中热血,
待洒向、西风残月。
剖却心肝今置地,问华佗、解我肠千结。
追往恨,倍凄咽。

故人慷慨多奇节。
为当年、沈吟不断,草间偷活③。
艾灸眉头瓜喷鼻④,今日须难决绝。
早患苦,重来千叠。
脱屣妻孥非易事⑤,竟一钱不值何须说。
人世事,几完缺。

注 释

① 龚生：即西汉末期的高士龚胜。据《汉书·龚胜传》载："莽既篡夺，遣使者拜胜为讲学祭酒。"但他坚拒并绝食而死。
② 天年：自然的寿数。夭：早死。
③ 草间偷活：据《晋书·周𫖮传》记载：王敦叛逆，有人劝周𫖮一避。周𫖮正色道："吾备位大臣。朝廷丧败，宁可复草间求活，外投胡越邪！"
④ 艾灸眉头瓜喷鼻：艾灸，中医灸术之一，即将艾草搓在患处燃灸。瓜喷鼻，一种医法，用艾草在额头针灸时，若温度太高呼吸不畅，就用瓜蒂放在鼻端通气。据《隋书·麦铁杖传》载：麦铁杖"辽东之役，请为前锋"，顾谓医者说："大丈夫性命自有所在，岂能艾炷灸额，瓜蒂喷鼻，治黄不差，而卧死儿女手中乎？"
⑤ 脱屣妻孥：屣，鞋子。脱屣，即脱鞋，比喻很容易的事。孥，儿女。《史记·封禅书》记载，汉武帝说："嗟乎！吾诚得如黄帝，吾视去妻子如脱屣耳。"

题　解

清朝建立后，已经近十年没有出仕做官的吴伟业被人推荐给清廷。吴伟业十分不情愿仕清，为此大病了一场，几近死去。在病中他写下这首《贺新郎·病中有感》，以抒发悲愤郁结与悔恨交加的心情。

赏　析

这首词是吴伟业在重病时写下的，是他的代表作，也是清初最有名的词作之一。吴伟业本是明朝臣子，并受到崇祯的特殊恩遇，年仅二十岁时就被钦点为榜眼。清朝建立后，吴伟业被盛名所迫，不得不出仕为官。这首词就蕴含了一种复杂的心态。开篇就是一句感慨："万事催华发"，近来所遭受的事情都让我生出了白发。"论龚生、天年竟夭，高名难没。"用了汉代人龚胜的典故，龚胜在王莽篡汉以后，拒绝新朝的征召，绝食而死。但是龚胜这种崇高节义的名声千古都不会被湮没。吴伟业以此来反衬自己被迫出仕清朝，名节不保的羞辱感。然后他剖视内心，虽然身患重病，但是他胸中依然是光明磊落的，而这种情怀无人可以诉说，只能洒向西风残月。再回忆起前事，真是令人不胜凄咽。

转到下片的首句——"故人慷慨多奇节"，是指吴伟业当年的友人，如陈子龙、夏完淳，他们都为恢复明朝献出了生命。而吴伟业感叹独有他犹豫不决，"草间偷活"，用晋代人周顗的典故。而吴伟业如今重病缠身，被艾草针灸着眉头，瓜蒂喷着鼻子来治病，悔恨却依然不能消除。"脱屣妻孥非易事"，用汉武帝典故，汉武帝刘彻封禅泰山时说："如果我能像轩辕黄帝那样成为神仙，我绝不留恋我的妻子儿女，抛弃他们就像脱鞋一样。"刘备也说："兄弟如手足，妻子如衣服。"但是对于普通人来说，抛弃妻子儿女却并不是一件容易的事，对吴伟业来说也是如此，最后只落得个内心里有千叠的痛苦，名节上却一钱不值，抱憾终身。末句"人世事，几完缺"感慨万端，人世间不如意事十之八九，谁又能在纷乱的世道做一个完人呢？

这首词可以说是吴伟业剖视内心的一篇"忏悔录"，如陈廷焯在《白雨斋词话》中所说："《贺新郎》一篇，悲感万端，自怨自艾，千载下读其词，思其人，悲其愚，固与牧斋（钱谦益）不同，亦与芝麓（龚鼎孳）辈有别。"

王夫之

王夫之（1619—1692），字而农，号薑斋、一瓢道人、双髻外史、船山病叟、南岳遗民等，湖南衡阳人。明崇祯十五年（1642）进士，明亡后曾赴桂林，转肇庆，支持永历政权以恢复明朝。失败后退隐湖南衡阳石船山，筑土室"观生居"，隐居著述，后人因此称他为船山先生。王夫之与黄宗羲、顾炎武并称为清初三大思想家，对天文、历法、数学、地理都有精深的研究，尤其着力于经学、史学、佛学。著有《周易外传》《黄书》《尚书引义》《永历实录》《春秋世论》《噩梦》《读通鉴论》《宋论》等书，合编为《船山遗书》。王夫之诗、词、文也都堪称大家，词多抒写故国情怀与身世之感。其《薑斋词》与今释澹归《遍行堂词》合称为清初遗民词的"双璧"。

菩 萨 蛮

述怀

万心抛付孤心冷,镜花开落原无影①。
只有一丝牵,齐州万点烟②。

苍烟飞不起,花落随流水。
石烂海还枯,孤心一点孤。

注 释

① 镜花:镜中之花,比喻虚幻的景象。
② 齐州:即中州,古时指中国。唐代李贺《梦天》:"遥望齐州九点烟,一泓海水杯中泻。"

题 解

这是一首言志之作,作者在明亡后仍坚持做一个遗民,以此表明自己心系故国的志向始终未改。

赏 析

词的上片写当时的形势。"万心抛付孤心冷,镜花开落原无影。"复国的志向已经成为镜花水月般的泡影,而"只有一丝牵",王夫之所牵念的是"齐州大地",也就是故国。下片直接明志,"苍烟飞不起,花落随流水",是说如今再无通过战争推翻清朝恢复大明的可能性,而"石烂海还枯,孤心一点孤"是作者剖明内心之语,就算海枯石烂,他心中这一点孤忠也是不会泯灭的,充溢着一股浩然正气。

王夫之独居深山四十余年,临死前曾自题墓碣:"明遗民王夫之墓",可见其耿耿气节,终生未曾改变。传统诗词本应是避讳太多的重字的,而王夫之这首词多次用到了"孤""心"两字,却未有雷同之感,反而是加深了主题,使人读之印象深刻。

曹亮武

　　曹亮武（1637—？），字渭公，号南耕，江苏宜兴人。约清世祖顺治十一年（1654）前后在世，卒年不详。工于词，陈维崧表弟。少年时工于诗，三十岁以后专力于词，词风清峻健举，与阳羡词宗陈维崧齐名，曾向舅父陈贞慧求学，受业于侯方域。《四库总目》卷二百"词曲类存目"提要评价曹亮武道："亮武以倚声擅名，与陈维崧为中表兄弟，当时名几相埒，其缠绵婉约之处，亦不减于维崧，而才气稍逊。故纵横跌宕，究不能与之匹敌也。"但是阳羡词人入四库总目者，除了陈维崧，也就是曹亮武的《南耕词》了。著有《南耕词》六卷，内含《荆溪岁寒词》一卷，及《南耕草堂诗稿》。并主编了阳羡词派的群体性结集《荆溪词初集》。

望　梅

题徐渭文《钟山梅花图》

真龙曾降①。记千门灼烁②，九重闳敞③。
种钟山、万树梅花，想旧日、东风一夜都放。
宝马香车④，争先出、乌衣门巷⑤。
更宸游十里⑥，缀雪含珠，香绕仙杖。

如今有谁吟赏？料当初花坞，尽成榛莽⑦。
忽凭君、几尺丹青⑧，恍玉阙、犹存琼枝无恙。
梦绕秦淮，又谁把、兴亡低唱。
只一天明月，还照数峰江上。

注　释

① 真龙曾降：代指明王朝。
② 千门：极言宫殿之众多。
③ 九重：古人认为天有九层，故称天为"九重天"。汉代刘安《淮南子·天文训》："天有九重。"后作为帝王和朝廷的代称。闳敞：高大宽敞。
④ 宝马香车：华美的车马。
⑤ 乌衣门巷：即乌衣巷，地名。在今南京市秦淮河南。三国吴时在此置乌衣营，以士兵着乌衣而得名。东晋时王、谢等望族居此，后作为王公贵族所居之所的代称。《晋书·纪瞻传》："厚自奉养，立宅于乌衣巷，馆宇崇丽，园池竹木，有足赏玩焉。"
⑥ 宸游：指明代帝王之巡游。
⑦ 榛莽：杂乱丛生的草木。唐代李白《古风》之十四："白骨横千霜，嵯峨蔽榛莽。"
⑧ 丹青：指徐元琜的画卷。

题　解

　　康熙十年（1671），徐元琜游金陵时，陈维崧赠序嘱咐其访"畸人而隐于绘事"的龚半千。龚半千是江苏昆山人，早年曾参加复社活动，明末战乱时外出漂泊流离，入清隐居不出。徐元琜归江苏作《钟山梅花图》，图名曰"钟山梅花"，可谓别有深意。明孝陵寝地正处在钟山南麓，面对梅花山。这幅画引起了阳羡词人群体的共鸣，在陈维崧倡导下，曹亮武、蒋景祁等人群起作题画词。这次题图唱和活动是只在阳羡一派内部特有的"大题"之作，实质上是一次群体性的凭吊故国、遥寄明陵的活动。

赏　析

　　金陵是明朝定鼎之地，明王陵所在地，也是弘光政权偏安之处。可以说相比北京，南京对于入清士子更具故国意蕴与象征意义。如严迪昌先生认为："金陵为六朝故都，陈后主、李后主都破败在这里，旧典现成，正可喻今，较之于作北京的大文章太以触目，这样抒写故国哀思确实虚实进退妥帖的多。"曹亮武笔锋劲峭，开篇便是"真龙曾降。记千门灼烁，九重闳敞"将全词震出，有扛鼎之力，并极力铺陈出金陵城的繁华景象。"种钟山、万树梅花，想旧日、东风一夜都放。"作者回想起金陵梅花盛放时，清香四溢，疏影横斜。"宝马香车，争先出、乌衣门巷。更宸游十里，缀雪含珠，香绕仙杖。"梅花开时，一城之人皆若狂，宝马香车挤满了乌衣巷，连王公贵族都纷纷前来赏花。

　　"如今有谁吟赏？料当初花坞，尽成榛莽。"过片陡然形成了转折，与昔日繁华形成了鲜明对比，当年的梅花，如今怕已是杂草丛生了。"忽凭君、几尺丹青，恍玉阙、犹存琼枝无恙"转到题画的主题上，徐渭文这一幅《钟山梅花图》勾起了作者对往事的怀念。"梦绕秦淮，又谁把、兴亡低唱"微微点出"兴亡"之寓意，若即若离，含蓄而蕴藉。"只一天明月，还照数峰江上"化用唐代刘禹锡《石头城》"淮水东边旧时月，夜深还过女墙来"的诗意。明月不知亡国之恨，还像往常一样，将漫天清辉洒在江上数峰上。以景结情，余味无尽。

陈维崧

陈维崧（1625—1682），字其年，号迦陵，江苏宜兴人。出身书香世家，是明末四公子之一陈贞慧之子。幼年就有神童之誉，吴伟业称他为"江左凤凰"。明朝灭亡时，陈维崧只有二十岁，入清后补为诸生，但是始终未中举人，也没有官职，五十多岁才举为博学鸿词科，授官翰林院检讨，数年后称病归隐，卒于家中。诗、词、骈文都堪称大家，而词尤为突出。作词达一千八百多首，著有《湖海楼全集》《陈迦陵文集》《迦陵词》等。编有《今词苑》《妇人集》等，陈维崧是阳羡词派的领袖人物，被誉为明末清初词坛第一人。

满江红

秋日经信陵君祠①

席帽聊萧②,偶经过、信陵祠下。
正满目、荒台败叶,东京客舍。
九月惊风将落帽,半廊细雨时飘瓦。
柏初红、偏向坏墙边③,离披打④。

今古事,堪悲诧。身世恨,从牵惹。
倘君而尚在,定怜余也。
我讵不如毛薛辈⑤,君宁甘与原尝亚⑥!
叹侯嬴、老泪苦无多⑦,如铅泻⑧。

注　释

① 信陵君祠：在河南开封。信陵君，即战国时魏国公子无忌，封于信陵（河南宁陵），故称信陵君。与春申君、平原君、孟尝君并称为战国四公子。
② 席帽：古时帽子的形制。以藤席为骨架，形似毡笠，四缘垂下，可蔽日遮颜。聊萧：冷落，稀疏。
③ 桕：即乌桕树，叶经秋霜而红。
④ 离披：散乱的样子。
⑤ 毛薛：信陵君门客毛公、薛公。二人皆魏处士，信陵君听说其贤名，前去拜访同游。后来秦国趁信陵君留赵不归出兵伐魏，二人冒死劝信陵君归国，解除了魏国大难。
⑥ 原尝：与信陵君齐名的平原君、孟尝君。
⑦ 侯嬴：战国时魏国人，隐士。家贫，年七十为大梁夷门监者，信陵君迎为上客。秦攻赵，围邯郸，赵求救于魏，魏王命将军晋鄙领兵十万救赵，屯兵不进。嬴献计信陵君通过魏王宠妃如姬窃得兵符，并荐勇士朱亥击杀晋鄙，夺取兵权，因而救赵。嬴却自刎而死。此处词人以侯嬴自比。
⑧ 铅泻：比喻流泪的样子。汉武帝为求长生，铸造铜仙人承露盘于宫殿前，魏明帝时将铜仙从长安移到洛阳，铜仙流泪，于是留在灞河边。唐代李贺《金铜仙人辞汉歌》有"忆君清泪如铅水"。

题　解

陈维崧在四十四岁时去北京求官无果，半年后失意出京，客居河南，这首词是他经过开封的大相国寺所写。大相国寺原是战国四君子之一信陵君的住宅，词人有感于信陵君的际遇，又自伤身世，写下了这首《满江红》。

赏　析

"席帽聊萧，偶经过、信陵祠下。"开篇写自己经过信陵君祠的场景。陈维崧孤身一人，戴着席帽，经过信陵君祠，只见荒台矗立，败叶飘零，东京开封客舍也遍及四周，同祠堂一样被映衬得格外荒凉。史载信陵君延揽食客，养士数千人，可见千年之前，这里是何等热闹之场景，然而如今却寂寞萧瑟，对比强烈。从"东京客舍"句可知，词人当是歇宿此地，自身的羁旅愁苦再加上现实之冷落场景，故写在词中流露出一股黯淡之情绪。"九月"句暗用"孟嘉落帽"典故，同时暗指此时正值深秋，接下句细雨洒过，飘在廊瓦上，点点滴滴，更觉愀然。那已坍圮的墙边，乌桕树叶子微微泛红，稀疏摇落。词的上阕主要抓住信陵君祠周边景物描写，选取"荒台""东京客舍""乌桕红叶""坏墙"等几个镜头，渲染出一种凄凉氛围，为下文写自己情绪做铺垫。

"今古事，堪悲诧。身世恨，从牵惹。"道出感伤今昔之语。陈维崧是明末清初人，才华横溢，但他一生并不得志。明朝灭亡时，陈维崧才二十岁，入清后补为诸生，却一直没有得到官职。家道中落，直到五十多岁才举博学鸿词科，四年过后他就去世了。陈维崧联想起了信陵君晚年遭遇，不由感慨道："如果你在，一定会有同病相怜之感啊。""我讵不如毛薛辈，君宁甘与原尝亚"这两句用典、对仗亦工，说的是我岂不如毛公、薛公二人，您难道也甘心次于平原君、孟尝君一等吗？词人十分钦佩信陵君的为人，认为平原君与孟尝君皆不足以比信陵君，但原、尝二君结局显然要比信陵君好，又颇自负地认为自己才能也绝不下于毛、薛二人，可惜时不利兮！末二句词人以侯嬴自比，词人以为侯嬴能得信陵君之信任，发挥自己才能，士为知己者死，是大丈夫行为。而自己亦是垂垂老矣，却孑然一身，不为所用，所以慨叹"老泪苦无多"，这是英雄无用武之地的泪水。如疾风暴雨，一气而下，这里词人的情绪已经积聚到顶点，不得不发。

点　绛　唇

夜宿临洺驿①

晴髻离离②，太行山势如蝌蚪。
稗花盈亩③，一寸霜皮厚。

赵魏燕韩④，历历堪回首。
悲风吼，临洺驿口，黄叶中原走。

注　释

① 临洺：县名，在今河北省永年县西。
② 晴髻：晴空中山峰如女子的发髻。离离：分明可见的样子。
③ 稗：一种稻田中的害草，其花色白。
④ 赵魏燕韩：战国四个诸侯国。此指作者曾经游历的地方。

题 解

这是一首纪游词。作者通过描写北地的景色和历史陈迹,来寄托对历史兴衰的感慨。

赏 析

《点绛唇》作为小令,本来适合表达婉约含蓄的声情。而陈维崧却以此词牌表现壮阔豪放的气象,是独特之处。"晴髻离离",是说太行山在晴空之下,清晰得如女子头上盘的发髻。"太行山势如蝌蚪",词人想象太行山的山势像一个个蝌蚪在游动一样,这是以动态来写静止的景物。"稗花盈亩",点出季节正处在深秋,原野上的稗子花开得茂盛。"一寸霜皮厚",则是说由于天气转凉,稗花上堆积了厚厚的凝霜。上阕整体营造出秋天荒凉的气氛。"赵魏燕韩,历历堪回首。"词人于是联想到在这片土地上曾经历了无数个王朝的起伏兴衰,一种历史的苍茫感油然而生。尾句"悲风吼,临洺驿口,黄叶中原走"则把这种情绪更加推进了一层。词人站在古代的交通要道临洺驿口上,看着黄叶被风吹得满地回旋。其实是在抒发对中原大地上历代不断的战乱兴亡的感慨,纷飞的黄叶也是国家动荡的一种写照。

沁 园 春

赠别芝麓先生即用其题《乌丝词》韵三首①（其一）

四十诸生，落拓长安，公乎念之。
正戟门开日②，呼余惊座，
烛花灭处，目我于思③。
古说感恩，不如知己，卮酒为公安足辞。
吾醉矣，才一声河满④，泪滴珠徽⑤。

昨来夜雨霏霏。叹如此狂飙世所稀。
恰山崩石裂，其穷已甚，狮腾象踏，此景尤奇。
我赋将归，公言小住，归路银涛百丈飞。
氍毹暖⑥，趁铜街似水⑦，赓和无题⑧。

注 释

① 芝麓：即龚鼎孳。乌丝词：陈维崧早年词集。
② 戟门：古代帝王外出，在止宿处插戟为门，此处指龚鼎孳的大门。
③ 于思：连鬓的胡须。出自《左传·宣公二年》："于思于思，弃甲复来。"
④ 河满：何满子，唐代歌者，因犯罪被处死，死前歌《河满子》："故国三千里，深宫二十年。一声河满子，双泪落君前。"
⑤ 珠徽：用珠玉装饰的琴弦上的徽位。
⑥ 氍毹（qúshū）：毛织或毛与其他材料混织的毯子。可用作地毯、壁毯、床毯、帘幕。
⑦ 铜街：本是洛阳铜驼街的简称，此处借指都城的闹市。
⑧ 赓和：续用他人原韵或题意唱和。

题 解

这是陈维崧写给龚鼎孳的赠别词。陈维崧入清后穷困潦倒,龚鼎孳经常接济帮助他,使得陈维崧非常感激,并引以为知音。

赏 析

龚鼎孳虽然投降了清朝,并担任要职,但他却尽其所能地帮助保护了许多明末的仁人志士,陈维崧就是其中之一。陈维崧一生未中科举,加上父亲被捕入狱,家道中落,穷困潦倒。多亏了有龚鼎孳数年如一日的帮助保护,才能渡过难关。这首词就表达了陈维崧对龚鼎孳的感激之情。

"四十诸生,落拓长安,公乎念之。"是指陈维崧到四五十岁还没有一官半职,漂泊长安,而只有龚鼎孳记挂着他。"正戟门开日,呼余惊座。"指龚鼎孳对作者的才华十分推崇。"烛花灭处,目我于思。"用了《史记》中的一个典故,淳于髡对齐威王说:"堂上烛灭,主人留髡而送客,当此之时,髡心最欢,能饮一石。"宴会已经结束,把其他所有的客人都送走,却独独留下他一个人,足见爱重之深。"古说感恩,不如知己,卮酒为公安足辞。"用《史记·项羽本纪》中的典故:"项王曰:'壮士!能复饮乎?'樊哙曰:'臣死且不避,卮酒安足辞!'"作者以此直抒胸臆,表达对龚鼎孳知遇之恩的感激。"吾醉矣,才一声河满,泪滴珠徽。"则吐露出了作者心中的无限悲愤与哀痛。

窗外又下着霏霏夜雨,"恰山崩石裂,其穷已甚,狮腾象踏,此景尤奇。"作者以一连串气势磅礴的比喻来形容风雨的声势之大,同时暗指自我豪迈洒脱的卓绝才华。"归路银涛百丈飞"也预示着未来将要发生的忧患辛苦。"氍毹暖,趁铜街似水,赓和无题。""氍毹"是指温暖华贵的毛毯,在临行之前,作者希望还能在龚鼎孳温暖的府邸里一同填词唱和,抒发心中的深情厚谊。整首词气势飞扬,开阔博大,体现了陈维崧词"穴幽出险,海涵地负,穷神入化,竭才尽虑"的艺术风格。

念 奴 娇

读屈翁山诗有作①

灵均苗裔②,羡十年学道,匡庐山下③。
忽听帘泉尫冷瀑④,豪气轶于生马⑤。
亟跳三边⑥,横穿九塞⑦,开口谈王霸⑧。
军中毬猎⑨,醉从诸将游射。

提罢匕首入秦⑩,不禁忍俊⑪,缥缈思登华⑫。
白帝祠边三尺雪⑬,正值玉姜思嫁⑭。
笑把岳莲⑮,乱抛博箭⑯,调弄如花者⑰。
归而偕隐,白羊瑶岛同跨⑱。

注　释

① 屈翁山：屈大均，字翁山。
② 灵均：屈原的字。苗裔：子孙，战国屈原《楚辞·离骚》："帝高阳之苗裔兮。"
③ 匡庐：庐山。周武王时匡俗兄弟七人结交庐山中，后皆成仙，故称匡庐。
④ 氐：相击打。
⑤ 轶：超越。生马：强悍的马。唐代张籍《老将》："不怕骑生马，犹能挽硬弓。"
⑥ 三边：汉代幽、并、凉三州，泛指边疆。
⑦ 九塞：九处险要之地，《吕氏春秋·有始》："山有九塞……何谓九塞？大汾、冥陀、荆阮、方城、殽、井陉、令疵、句注、居庸。"
⑧ 王霸：王道与霸道。儒家认为以德服人为王道，以武服人为霸道。清代屈大均《军中》："平生王霸略，尽付酒家胡。"
⑨ 毬猎：军中的蹴鞠和狩猎。唐代雍陶《少年行》："不倚军功有侠名，可怜毬猎少年情。"
⑩ 提罢句：用荆轲匕首刺秦典故，《史记·刺客列传》："荆轲怒，叱太子曰：'何太子之遣？往而不返者，竖子也！且提一匕首入不测之强秦，仆所以留者，待吾客与俱。今太子迟之，请辞决矣！'"
⑪ 忍俊：极欲做某事而不能自已。
⑫ 缥缈：唐代白居易《长恨歌》："忽闻海上有仙山，山在虚无缥缈间。"
⑬ 白帝祠：少昊为白帝，治理西岳。
⑭ 玉姜：指屈大均夫人华姜。
⑮ 岳莲：指西岳华山上的莲花峰。
⑯ 博箭：《韩非子·外储说左上》："秦昭王令工施钩梯上华山，取松柏心为博箭。昭王常与天神博于此山。"屈大均《华岳》："钩梯穷上下，博箭赌兴亡。"
⑰ 如花者：指屈大均夫人华姜。
⑱ 白羊：古时传说有神仙号白羊公，常骑白羊来去。瑶岛：传说中仙人所居之岛。

题 解

这首词作于康熙八年（1669），为陈维崧读屈大均诗集后所作。词作以屈大均的行踪为线索，概述了屈大均的不凡事迹和豪迈倜傥的性情。

赏 析

屈大均是清初著名遗民诗人，与陈恭尹、梁佩兰并称为"岭南三大家"，屈为三家之冠。屈大均诗风多借美人香草抒发亡国之痛、人民疾苦，与屈原精神一脉相承，故陈维崧词作开篇即称赞他为"灵均苗裔"。"羡十年学道，匡庐山下"指屈大均曾经学道匡山，"忽听帘泉陉冷瀑，豪气轶于生马"体现了屈大均的勇武果敢、英雄风采。"亟跳三边，横穿九塞，开口谈王霸。军中毬猎，醉从诸将游射"写屈大均的反清复明斗争。当清军再围广州时，屈大均在番禺县雷峰山海云寺出家为僧，还俗后游历南京、北京，出山海关游辽东、辽西，并联络山东、江苏、浙江反清斗士。

"提罢匕首入秦，不禁忍俊，缥缈思登华。"下片转向写屈大均与华姜的美满婚事，语调也由慷慨悲凉变得轻松愉悦。"提罢"句写屈携利器入陕，并攀登西岳华山。"笑把岳莲，乱抛博箭，调弄如花者"指康熙五年（1666）秋，屈大均与夫人华姜结婚。"归而偕隐，白羊瑶岛同跨。"康熙八年（1669），屈大均带着夫人华姜回到番禺故里，如一对神仙眷侣在尘世浪游，"白羊"与"瑶岛"等富有神话色彩的典故，使得两人的爱情也富有浪漫情怀。但是陈维崧与屈大均都不曾料到的是，就在一年后，即康熙九年（1670）的正月，华姜就不幸病逝了。这是一首寄友之作，其中许多句子直接化用自屈大均诗句，别具匠心，想必屈大均读后，也当为陈维崧的绝妙词章作会心一笑。

蒋景祁

蒋景祁（1646—1695），初字次京，改字京少，一作荆少。江苏宜兴人。父亲蒋永修，字纪友，号慎斋，顺治四年（1647）进士，官至湖广提学副使，与陈维崧同为宜兴"秋水社"盟友。蒋景祁与陈维崧也过从甚密，但是他一生才华卓著而偃蹇不遇，两度赴京华，以岁贡生至府同知，康熙间曾举博学鸿词，未遇，失意归故里，专力于词。先后撰《东舍集》五卷，《梧月亭词》二卷，《罨画溪词》一卷。作为阳羡词派的后起之秀，蒋景祁词风也神似陈维崧，以气势开阔、雄健明爽见长。蒋景祁一生最重要的词学成就是编辑了《瑶华集》二十二卷，初定于康熙二十五年（1686），次年刻成，选词2467首，词人507家，收录宏富，不持门户偏见，翔实反映了康熙前期百家汇流、胚变竞秀的词坛图景。

沁园春

题徐渭文《钟山梅花图》

把酒临风,何往观乎?钟山之阳①。
叹百年邸第,燕归何处?
千寻铁索②,马饮长江。
只有梅花,香浮五里,犹挺南枝傲雪霜。
曾经过,见旧时父老,触目彷徨。

南州徐稚非常③。便写就生绡未渺茫④。
似白头宫女⑤,心伤天宝⑥。
清歌孺子,拍按沧浪⑦。
恍对丹青,依然如旧,却已风前足断肠。
披图罢,有异香芬馥,簌簌生凉。

注 释

① 钟山之阳：山之南为阳，即明陵所在地。
② 千寻铁索：用晋代王濬伐吴典故，出自《晋书·王濬传》："吴人于江险碛要害之处，并以铁锁横截之，又作铁锥长丈余，暗置江中，以逆距船……濬乃作大筏数十，亦方百余步，缚草为人，被甲持杖，令善水者以筏先行，筏遇铁锥，锥辄着筏去。又作火炬，长十余丈，大数十围，灌以麻油，在船前，遇锁，然炬烧之，须臾，融液断绝，于是船无所碍。"唐代刘禹锡的《西塞山怀古》："王濬楼船下益州，金陵王气黯然收。千寻铁锁沉江底，一片降幡出石头。"
③ 徐稚：字孺子，东汉豫章南昌人。家贫，常自耕稼，恭俭义让。太守陈蕃不接宾客，唯徐稚来时特设一榻，去则悬之，时称南州高士。
④ 生绡：指画卷。
⑤ 白头宫女：化用自唐代元稹《行宫》："白头宫女在，闲坐说玄宗。"
⑥ 天宝：唐玄宗的年号。
⑦ 沧浪：出自先秦时期《孺子歌》："沧浪之水清兮，可以濯我缨。沧浪之水浊兮，可以濯我足。"

题 解

这首《沁园春》也是阳羡词派内部唱和的重要一首，同题联吟，各有侧重，从不同角度将主旨进一步推进。

赏 析

如严迪昌先生在《清词史》中所论，蒋景祁这首词颇有篇末总结，提要全图内涵的意味。"钟山之阳。叹百年邸第，燕归何处？千寻铁索，马饮长江"是对往事的凭吊与追忆，"只有梅花，香浮五里，犹挺南枝傲雪霜"点出抒情主体梅花的形象，"曾经过，见旧时父老，触目彷徨"包含着沉重的遗民情绪。从陈维崧的"寻去疑无，看来似梦，一幅生绡泪写成"再到蒋景祁的"便写就生绡未渺茫。似白头宫女，心伤天宝。清歌孺子，拍按沧浪"将这一组词的内涵更递进了一层，堪称珠联璧合。最终词作余音结束于一片哀婉的意境中，"披图罢，有异香芬馥，簌簌生凉。"一组"题钟山梅花图"唱和，虽出自不同的词人之手，却宛如一组完整的篇章。词人们各有侧重，在情思、内蕴上作多方面多层次的推进。但这也是阳羡词派为数不多的一次集体的唱和活动了。而后"敢于拈出大题目、大意义"的阳羡词派在"康熙盛世"之下越发失去了生存的根本，渐渐被浙西词派的清真醇雅所取代淹没。正如他们所哀悼的钟山梅花一样，恍对丹青，依然如旧，却已风前足断肠。令人回味起来，不禁也嗟叹不已。

朱彝尊

朱彝尊（1629—1709），字锡鬯，号竹垞，又号驱舫，晚号小长芦钓鱼师，又号金风亭长，浙江秀水人。年轻时曾参加反清复明团体，失败后长期辗转南北。康熙十三年（1674）冬天，朱彝尊携复出的《乐府补题》入京，引起震动。因其既切合了其时尚存的家国之恨、身世之感，又能不违背清廷文化政策。如朱彝尊《乐府补题》跋中所说"诵其词可以观志意所存。虽有山林友朋之娱，而身世之感，别有凄然言外者。其骚人《橘颂》之遗音乎？"康熙十八年（1679），朱彝尊被荐应试博学鸿词科，授翰林院检讨，六十四岁辞归故里。著有《曝书亭集》。朱彝尊的词比诗影响更大，他改变了明代以来词局限于男女艳情的格局，将笔触伸向广阔的社会生活，传达出复杂人生的种种感受，展现了清初的时代精神。与纳兰容若、陈维崧并称"清词三大家"。《江湖载酒集》与《静志居琴趣》是中期词集，作于康熙三年至十七年（1664—1678）。《江湖载酒集》更是代表词集，其中风格多样，多见失意不平、落魄不遇的愤懑感慨。而《静志居琴趣》为抒写朱彝尊与妻妹冯寿常的苦恋之作，其中真挚、细腻、缠绵的感情描写堪称绝唱。

桂 殿 秋

思往事，渡江干①，青蛾低映越山看②。
共眠一舸听秋雨，小簟轻衾各自寒③。

注 释
① 江干：江边，江岸。
② 青蛾：青黛画的眉毛，代指美人。
③ 小簟：凉席，竹席。

题 解

这首小词写作者与心上人同乘一舟的情景,细腻入微。

赏 析

朱彝尊曾苦恋妻妹冯寿常,其词集《静志居琴趣》就是记录他与妻妹间的情事,"静志"是冯寿常的字。朱彝尊还曾为冯寿常写下长篇艳诗《风怀》,晚年编订诗集时,友人劝他删去这些情诗,朱彝尊却拒绝了,他说:"宁拼两庑冷猪肉,不删《风怀二百韵》。"

这首词在朱彝尊的情词中无疑是最出名的一首,况周颐甚至认为这是整个清代写得最好的一首小令。"思往事,渡江干",说明这是作者回忆当年曾和她一起乘舟的情景,虽然距离很近,但也不能互通言语,只能四目相望来传递情愫。"青蛾低映越山看","青蛾"指女子的远山眉,将女子低头的一瞬间写得颇具美感,"共眠一舸听秋雨",充满了朦胧模糊的画面感,给人以丰富的联想。作者与情人双双夜不能寐,无限宇宙、无限时空,漂泊的两颗心终于停靠于一方狭小的客船,在这一刻产生共鸣。"小簟轻衾各自寒",无意间传达出了人生的一种普遍体验。他们虽然两心相知,情意相通,却只能彼此默默无言,各自领受着心头的凄冷。

这首短短的小词通过寥寥几笔的勾勒,创造了一个十分微妙而含蓄的意境,给人以回味不尽的艺术感染力。

卖 花 声

雨花台

衰柳白门湾①，潮打城还②。
小长干接大长干③。
歌板酒旗零落尽④，剩有渔竿。

秋草六朝寒，花雨空坛。
更无人处一凭阑⑤。
燕子斜阳来又去⑥，如此江山。

注　释

① 白门湾：指白门附近的长江江干。白门：南朝宋都城建康（今江苏南京）西方宣阳门的俗称。古代把天地八方分为八门，西方金，金气白，故西方称白门。
② 潮打城还：唐代刘禹锡《石头城》："山围故国周遭在，潮打空城寂寞回。"城即石头城，在南京清凉山一带。
③ 长干：古建康里巷名。在今江苏南京南。《六臣注文选·吴都赋》："江东谓山冈间为干。建业之南有山，其间平地，吏民居之，故号为'干'。中有大长干、小长干，皆相属。"
④ 歌板：即拍板，古时用来定歌曲节拍的打击乐器。酒旗：代指酒家。唐代李贺《酬答》："试问酒旗歌板地，今朝谁是拗花人。"
⑤ 凭阑：南唐李煜《浪淘沙》："独自莫凭阑，无限江山。"
⑥ 燕子斜阳：宋代周邦彦《西河·金陵怀古》："燕子不知何世。入寻常、巷陌人家，相对如说兴亡，斜阳里。"

题　解

雨花台在今江苏南京，相传梁武帝时云光法师在此讲经，天花坠落如雨，故名雨花台。雨花台所在地南京是六朝故都，明代时尤其繁华，明清异代后变得凄凉萧条，作者曾经以明遗民自居，并亲身参加过反清复明斗争，登临雨花台，不禁一发胸中兴亡之悲感。

赏　析

"衰柳白门湾，潮打城还。"开篇营造出怀古伤今的氛围，昔日繁华似梦的白门湾如今只剩下了几株衰柳映照在残阳里，只有潮水依然在拍打着寂寞的城阙。"小长干接大长干。歌板酒旗零落尽，剩有渔竿"将视野推向更为开阔的历史时空中，零落的何止是歌板酒旗呢？晚明时秦淮河畔的旖旎风流已经在战争烽烟摧残下烟消云散。兴亡之感在此轻安拈出，可谓是借歌儿檀板之言，通之于《离骚》、变雅之义。"秋草六朝寒，花雨空坛。更无人处一凭阑。"六朝已逝，秋草枯黄，当作者在悄无人处独自凭阑时，他心中又触起了何等的情绪，却未明言，只化作一句轻轻的叹息："燕子斜阳来又去，如此江山。"只有燕子在斜阳中穿梭，江山犹在，昔人已改，物是人非。结尾妙在含蓄不尽。整首词气韵沉雄，无限感慨，归于醇雅，是朱彝尊的代表词作，集中体现了浙西词派所标举的清空骚雅的词学风格。

严绳孙

严绳孙（1623—1702），字荪友，号秋水、勾吴严四，晚号藕荡渔人，江苏无锡人。明清易代之际重要的布衣文人，与朱彝尊、姜宸英并称"江南三布衣"。康熙十八年（1679），严绳孙以布衣身份被推荐参加"鸿博"考试，却因目疾只赋了一首《省耕诗》退场。康熙帝因为爱惜他的才华，"素重其名"，特擢升二等末，授予翰林院检讨之职，参与修编《明史》。后告归闭门不出，筑"雨青草堂"以书画著述终老。

严绳孙是清初梁溪词人群的重要成员，梁溪即江苏无锡，历来是词人渊薮地之一。严绳孙著有《秋水集》，其中《秋水词》存词111首，独以小令冠绝一时。厉鹗《论词绝句十二首》评价道："闲情何碍写云蓝，淡处翻浓我未谙。独有藕渔工小令，不教贺老占江南。"严绳孙用小令的方式来表达儿女情长，用词以写志的手法寄托内心的真挚情感，用标举性灵的审美理想铸造《秋水词》的雅秀之质，其艺术特色，也正是樊榭所称"淡处翻浓"，其中寄托了深沉的故国之叹与兴亡之感。

御 街 行

中秋

算来不似萧萧雨。
有个安愁处。
而今把酒问姮娥①,是甚广寒心绪②。
只轮飞上③,天街似水④,不管人羁旅。

霓裳罢按当时谱。
一片青砧路。
西风白骑几人归,肠断绿窗儿女。
数声角罢,楼船月偃⑤,雁落潇湘去。

注 释

① 姮娥:即嫦娥,神话中的月中女神。《淮南子·览冥训》:"羿请不死之药于西王母,姮娥窃以奔月。"
② 广寒:传说中嫦娥所居之所。《洞冥记》:"月弄魄于广寒宫。"
③ 只轮:指月亮。
④ 天街:京城中的街道。唐代韩愈《早春呈水部张十八员外》诗之一:"天街小雨润如酥,草色遥看近却无。"
⑤ 偃:落下。

题　解

这首《御街行》以中秋为抒情出发点，写出了作者心中浓郁的离愁别绪。

赏　析

"算来不似萧萧雨，有个安愁处。"作者的思维很是独特，因为历来中秋节都盼望晴天，千里共婵娟，但是他却以中秋节没有下雨为遗憾，因为下雨了可以使人责怪无月可赏，有个安放愁绪的缘由。"而今把酒问姮娥，是甚广寒心绪。"作者独对一轮满月，把酒问嫦娥，在寂寞的广寒宫里是何等心情？也写出了作者的孤独落寞。"只轮飞上，天街似水，不管人羁旅。"每逢佳节倍思亲，皓月当空，更令羁旅之人引发思乡的愁绪。

"霓裳罢按当时谱。一片青砧路。"进一步抒发离人之情。深秋时节，听不到丝竹管弦之声，只有阵阵捣衣砧声传来。"西风白骑几人归，肠断绿窗儿女。"作者因为不得归乡，不由自主地在联想现在会不会有游子迎着西风归乡呢？家里的妻子儿女应该也因思念着自己而肝肠欲断了。"数声角罢，楼船月偃，雁落潇湘去。"以景结尾，更渲染了离情别绪，秋空中回荡着凄凉的角声与雁声，月亮落下了，而大雁尚且能往南飞去，人却羁绊在北方不得南归。词作借中秋节以抒情，用意层层转深，笔锋流畅潇洒，韵味浓厚。

顾贞观

顾贞观（1637—1714），初名华文，字远平、华峰，亦作华封，号梁汾，江苏无锡人。明末东林党人顾宪成四世孙。康熙十一年（1672）举人，擢秘书院典籍，官至内阁中书。曾馆纳兰明珠相国家，与相国子纳兰性德相交甚厚。康熙二十三年辞官，读书终老。顾贞观工于诗文，词名尤著，著有《弹指词》《积书岩集》等，与纳兰性德、曹贞吉并称为"京华三绝"。陈廷焯《白雨斋词话》评价道："顾华峰词，全以情胜，是高人一着处。至其用笔，亦甚圆朗。"

金缕曲

寄吴汉槎宁古塔①，以词代书，丙辰冬寓京师千佛寺冰雪中作②。

我亦飘零久。
十年来、深恩负尽，死生师友。
宿昔齐名非忝窃③，只看杜陵穷瘦④。
曾不减、夜郎僝僽⑤。
薄命长辞知己别⑥，问人生、到此凄凉否⑦。
千万恨，为兄剖。

兄生辛未吾丁丑⑧。
共些时、冰霜摧折，早衰蒲柳⑨。
词赋从今须少作⑩，留取心魂相守。
但愿得、河清人寿⑪。
归日急翻行戍稿⑫，把空名、料理传身后⑬。
言不尽，观顿首。

注　释

① 吴汉槎：吴兆骞（1631—1684），字汉槎，号季子，吴江松陵镇（今属江苏苏州）人。少有才名，与华亭彭师度、宜兴陈维崧并称为"江左三凤凰"。顺治十四年科场案，无辜被牵连，遣戍宁古塔二十三年，友人顾贞观恳求于纳兰性德，后经性德父明珠营救，得以赎还。归后三年而卒。有诗集《秋笳集》。宁古塔：满族语，地名，今属黑龙江牡丹江市。

② 丙辰：康熙十五年（1676）。千佛寺：在北京戒坛寺，今已不存。

③ 宿昔：往昔，指顾贞观年少时与吴兆骞齐名。

④ 杜陵：指杜甫。唐代杜甫《自京赴奉先县咏怀五百字》："杜陵有布衣，老大意转拙。"

⑤ 夜郎：指安史之乱时，李白参与了永王璘的军队，被流放夜郎，后遇赦得还。㑊㑊：忧愁，烦恼，宋元诗文中常用语。

⑥ 薄命：指顾贞观《弹指词》中有《金缕曲·悼亡》，乃和纳兰性德之作。

⑦ 人生：南朝江淹《恨赋》："人生到此，天道宁论。"

⑧ 辛未：明崇祯四年（1631）。丁丑：明崇祯十年（1637）。

⑨ 蒲柳：南朝刘义庆《世说新语·言语》："蒲柳之姿，望秋而落。松柏之质，经霜弥茂。"后因以比喻未老先衰，或体质衰弱。

⑩ 词赋：指吴兆骞工于词，兼擅作赋。

⑪ 河清人寿：《春秋左传》："俟河之清，人寿几何。"汉代王粲《登楼赋》："惟日月之逾迈兮，俟河清其未极。"

⑫ 行戍稿：指吴兆骞在宁古塔被贬时写的诗稿，后结为《秋笳集》。

⑬ 空名：虚名。《战国策·齐策三》："夫劓楚者王也，以空名市者太子也。"

题 解

这首非常著名的《金缕曲》，作于康熙十五年（1676）冬，是寄给遭遇"丁酉科场案"被流放宁古塔的友人吴兆骞的词作。吴兆骞的被放逐是清代词坛上牵动无数文人的一件大事，顾贞观请求纳兰性德借助其父亲纳兰明珠施以援手，当纳兰性德读到这首《金缕曲》后，为之泪下，说道："河梁生别之诗，山阳死友之传，得此而三，此事三千六百日中，弟当以身任之，不俟兄再嘱也。"遂慨然应允。这首词作以词代信，共有两首，此处所选为第二首，对友人的劝慰与惺惺相惜，以及誓死营救友人出绝境的承诺盈于笔端，十分悲慨动人。

赏 析

"我亦飘零久。十年来、深恩负尽，死生师友。"开篇即直抒胸臆，感慨十年来自己身世漂泊亦与友人相仿，但是深为愧疚的是依然没有将友人救出宁古塔。其实顾贞观的家族本属隐逸之类，但是顾贞观却不惜声名数次入京，也是为了寻求门路将友人救出。"宿昔齐名非忝窃，只看杜陵穷瘦。"顾贞观与吴兆骞在少年时期俱以才子闻名于世，如今，一个在遥远的冰雪之地流放，一个依然处于穷困潦倒的境地，可谓是惺惺相惜又同病相怜。"问人生、到此凄凉否。千万恨，为兄剖。"此句的感情十分真挚恳切，直欲剖出肝胆以泄深情。

"兄生辛未吾丁丑。共些时、冰霜摧折，早衰蒲柳。"这一句写到两人的生年，追溯往日，而如今皆如被雨打风吹的蒲柳。作者不由告诫友人道："词赋从今须少作，留取心魂相守。"还是少作些词赋吧，所谓诗能穷人，亦是因穷而后工也。况且在那个动辄因文字获罪的时代，吴兆骞二十年来的遭遇不也是因为文字导致的？"但愿得、河清人寿。"作者写到他的两个愿望，一个是河清，即政治清明时，清廷能够为吴兆骞的无辜被贬平反；一个是人寿，希望友人能够善自保重身体，等到重回中原的那一天。"归日急翻行戍稿，把空名、料理传身后。"作者设想道，等到友人归来的那一天，可以好好整理这几十年来在流放处写下的诗篇。虽说千秋万代名，寂寞身后事，但诗集毕竟是一个诗人平生的心血所凝结，哪能轻易割舍下。"言不尽，观顿首。"写至末尾，作者几近哽咽难言，故只能遥向顿首再拜。此处之深情，亦如诸葛亮在《出师表》最后所说："今当远离，临表涕零，不知所言。"心中思绪翻滚，反而不知如何作结，如何吐露，只化为言说不尽的缕缕余音间。

词作语言浅近，只如家常语言，而又痛快淋漓，将一片火热心迹剖出，无怪乎纳兰容若读到这首词后感动流泪，发誓要将吴兆骞救出。其间深厚的情谊，怕是任何一个人读了都会心有戚戚焉吧！

青玉案

天然一帧荆关画①。
谁打稿、斜阳下？
历历水残山剩也②。
乱鸦千点，落鸿孤咽，中有渔樵话③。

登临我亦悲秋者。
向蔓草、平原泪盈把。
自古有情终不化。
青娥冢上④，东风野火，烧出鸳鸯瓦⑤。

注　释

① 荆关：两位著名山水画家的合称。荆，即荆浩，唐末人。关：指关仝，从荆浩学习绘画。
② 历历：清晰，明朗。
③ 落鸿：孤鸿。渔樵：打鱼砍柴的渔翁、农夫。唐代高适《封丘县》诗："我本渔樵孟诸野，一生自是悠悠者。"
④ 青娥：即青冢，汉代王昭君坟墓，因坟头长青，称为青冢。
⑤ 鸳鸯瓦：唐代白居易《长恨歌》："鸳鸯瓦冷霜花重，翡翠衾寒谁与共？"屋舍上成对的瓦称为鸳鸯瓦。

题　解

这首词在写景的同时寄寓了顾贞观无限的家国情怀与历史沧桑感，对明朝的凭吊也隐然可见。

赏　析

开篇以总览全局的视角为景物作了架构，"天然一帧荆关画。谁打稿、斜阳下？"眼前的景物是天然的一幅水墨山水画，而不知是谁人有如此大的手笔，在天地之间挥毫泼墨，绘下这样一幅壮观的画稿。而作者紧接着又抒发了一声颇有寓意的感慨，这历历景象，无非是经过烽火摧毁后的一片残山剩水，山川无恙，故国明朝已经沦亡。"乱鸦千点，落鸿孤咽，中有渔樵话。"这一句采取散点透视的写景法摄取景物，在乱鸦与孤鸿的喧嚣间，似乎含着感慨历史兴亡的渔樵问答。古今多少事，也尽付与三更的渔唱。

"登临我亦悲秋者。向蔓草、平原泪盈把。"下片出现了作者的身影，他感慨道，如今登临眺望，才发现我也是一个多情的悲秋客，《楚辞·九辩》中说："悲哉，秋之为气也！萧瑟兮草木摇落而变衰。憭栗兮若在远行，登山临水兮送将归……"春女思，秋士悲，这是千年未变的情愫，作者最后将目光定格在一片荒凉的景色间，"青娥冢上，东风野火，烧出鸳鸯瓦。"青冢之上青草萋萋，东风吹拂着野火也烧不尽的杂草，一片前朝的鸳鸯瓦在火焰中忽然闪现，却又悄然湮没于漫天荒烟中，也照应了前文"泪盈把"的伤感情思。词作语言多用白描，不事雕琢，却又深致感慨，可谓体现了顾贞观小令的典型风格。

徐灿

徐灿（1628？—1681？），字明霞，又字明深，号湘蘋，晚号紫䇲，江苏吴县（今属江苏苏州）人。光禄丞徐子懋之女，嫁给弘文院大学士浙江海宁陈之遴为继妻，封一品夫人。陈之遴，字彦升，号素庵，明末清初著名诗人。崇祯十年（1637）陈之遴以一甲二名中进士，即榜眼。授翰林院编修。其父陈祖苞时任顺天巡抚，因城池失守下狱问罪，陈之遴因父罪株连，被崇祯帝下令斥责"永不叙用"。顺治二年（1645）降清，顺治十五年（1658）被流放辽东，康熙五年（1666），死于辽东的尚阳堡。陈之遴去世后，徐灿皈依佛法，隐居于浙江海宁小桐溪上。

徐灿是苏州著名才女，常与才女柴静仪、朱柔则、林以宁、钱云仪相唱和，结蕉园诗社，称"蕉园五子"。苏州著名园林建筑拙政园曾为陈之遴所有，徐灿工诗词书画，著有《拙政园诗集》。又以词最为知名，《拙政园诗馀》收录词99首。陈维崧评价："南宋以来，闺房之秀，一人而已。"晚清词论家陈廷焯认为："闺秀工为词者，前则李易安，后则徐湘蘋。"

风　流　子

同素庵感旧①

只如昨日事，回头想、早已十经秋。
向洗墨池边，装成书屋，
蛮笺象管②，别样风流。
残红院、几番春欲去，却为个人留③。
宿雨低花④，轻风侧蝶，水晶帘卷，恰好梳头。

西山依然在，知何意凭槛、怕举双眸。
便把红萱酿酒⑤，只动人愁。
谢前度桃花，休开碧沼⑥，
旧时燕子⑦，莫过朱楼。
悔煞双飞新翼，误到瀛洲⑧。

注　释

① 素庵：徐灿的丈夫陈之遴号素庵。
② 蛮笺象管：蜀地所产的纸与象牙管的笔。泛指纸笔。
③ 个人：此人。
④ 宿雨：昨夜的雨。
⑤ 红萱：红色的萱草，古人以为种植此草，可以使人忘忧，故称忘忧草。
⑥ 碧沼：绿色的池塘。
⑦ 旧时燕子：化用自唐代刘禹锡《过乌衣巷》诗："旧时王谢堂前燕，飞入寻常百姓家。"
⑧ 瀛洲：唐太宗命阎立本画杜如晦、房玄龄等十八学士的画像于文学馆，时人称为"登瀛洲"，见于唐代李肇《翰林志》记载："唐兴，太宗始于秦王府开文学馆，擢房玄龄、杜如晦一十八人，皆以本官兼学士，给五品珍膳，分为三番更直宿于阁下，讨论坟典，时人谓之'登瀛洲'。"此处用来比喻丈夫陈之遴入清为官。

题　解

这是徐灿写给丈夫陈之遴的一封书信,在伤春怀旧中抒发了故国之思与兴亡之感。

赏　析

据陈之遴的和词可知这首词大概作于顺治二年,徐灿跟随丈夫再度进京。开头二句"只如昨日事,回头想、早已十经秋"显得突兀而惊人,却又笔力千钧,让人颇感悲慨不已。下片"西山依然在,知何意凭槛、怕举双眸",西山虽然未改,而明朝已经灭亡,物是人非,故再也不忍眺望西山,生怕勾起离愁别绪来。末句"悔煞双飞新翼,误到瀛洲"含蓄地点明了词旨,一个"误"字下笔十分沉痛,词意深婉而曲折。

徐灿这时跟随丈夫入京,寄居京师,对故乡江南十分怀念,同时又对亡国之恨不能释怀,故有此悲凉哀怨之语,绝非无病呻吟、惺惺作态。眷念故国,不忘根本,寻常须眉男儿尚且做不到,徐灿却能在词中委婉道出心中的悲苦,这对于一个封建闺秀出身的女子来说,可谓是十分难得了。也可以看出,徐灿词风没有一般闺秀词人的纤弱轻佻的毛病,格调深婉悲凉,在情与景的交融中,通过各种形象与意境将心中的情思表达出来。运笔开阔处不弱于男子,而抒发细腻如发的情感,则更有女性天然独到的艺术感受,因此徐灿的词作,就算置于整个清代词坛,也不愧为杰出作品。

尤侗

尤侗（1618—1704），字同人，更字展成，号悔庵，晚号西堂老人、艮斋，江苏长洲（今属江苏苏州）人。明末已有才名，入清以贡生授永平推官，吏治颇精，因杖责旗丁罢归。康熙十八年（1679）召试博学鸿词科，授翰林院检讨，参与修《明史》，三年后辞归。诗词古文均闻名当时。著有《西堂全集》五十卷，《余集》七十卷。并工曲，著有传奇和杂剧多种，词集名为《百末词》。道光、咸丰年间广东谭莹《乐志堂诗集》中的《论词绝句》评价尤侗道："语本天然笔不休，将军射虎也封侯。老名士是真才子，法曲飘零总泪流。"尤侗词风的特点是自然清新，情文兼具，是典型的才子之词。

行 香 子

春暮

紫陌金车①。绿浦兰槎②。
共追寻、大地芳华。
三分春色,分与谁家?
有一分山,一分水,一分花。

雨打檐牙③。月落窗纱。
恨韶光、转盼天涯。
小庭寂寞,底事争哗④?
是一声莺,一声燕,一声鸦。

注 释

① 紫陌:红尘飞扬的道路。金车:古代一种用铜作装饰的车子。《周易·困》:"来徐徐,困于金车。"高亨注:"金车,以黄铜镶其车辕衡等处,车之华贵者也。"
② 绿浦:绿色的水滨。兰槎:用香兰之木做成的船只。
③ 檐牙:古代建筑檐际翘出如牙的部分。
④ 底事:何事,什么。

题 解

这首词写作者在暮春时的所见所感,蕴含着对春天芳华的珍视与韶华易逝的感慨。

赏 析

《行香子》这一词牌的特点和难点就在于歇拍的三叠三字句,既要遣词造句十分妥帖自然,又要与整篇宛然天成不断脉络。尤侗就很擅长这一类词牌的写作,如这一首《行香子·春暮》,"紫陌金车。绿浦兰槎。共追寻、大地芳华。"词的开篇颇有气势,暮春时,大地芳华渐渐凋谢了,作者却不辞辛苦地追寻着那一缕游丝般的春意。"三分春色,分与谁家?"化用自宋代苏轼的《水龙吟》:"春色三分,二分尘土,一分流水。"作者自问道,这天地之间的三分春色,都分到何处了呢?随即又自作回答道:"有一分山,一分水,一分花。"春色在山中、水中、花中,构思奇特,巧妙承接了上句的"三分春色",而没有斧凿的痕迹,殊为难得。

"雨打檐牙。月落窗纱。恨韶光、转盼天涯。"过片转写春天的逝去,"雨打"与"月落"暗示着芳华将尽,春天离去。转瞬之间,韶光匆匆,让人不由得感慨时光的无情流逝。"小庭寂寞,底事争哗?"是谁的喧哗打破了寂寞的庭院时光呢?作者寻觅着,原来"是一声莺,一声燕,一声鸦"。莺声、燕声、鸦声一同演唱着一曲动人的春天之歌,让人又感受到盎然的生命活力。整首词作语言隽永圆润,意境开阔明亮,给人以清新流转的审美感受,鲜明地体现了尤侗"才子之词"的风格特点。

屈大均

屈大均（1630—1696），初名绍隆，字翁山，又字介子，广东番禺（今属广东广州）人。十六岁时补南海县生员。顺治三年（1646），清军攻陷广州，屈大均参加其师陈邦彦与陈子壮、张家玉的反清斗争，皆失败。后至肇庆，向南明永历帝呈《中兴六大典书》。顺治七年（1650），清军再围广州，屈大均在番禺县雷峰海云寺出家为僧，法名今种，字一灵，又字骚余。后还俗，游历南京、北京，出山海关游辽东、辽西，并联络山东、江苏、浙江反清斗士。康熙十二年（1673），吴三桂在云南反清，屈大均遂由粤入湘投军，与吴共商抗清大计，后觉察吴三桂反清复明是假，自立为帝是真，便辞职归乡，潜心著述。屈大均是清初大诗人，与梁佩兰、陈恭尹并称为"岭南三大家"而为三人之冠，著作有《广东新语》《翁山文外》《翁山诗外》《翁山诗略》等。

长亭怨

与李天生冬夜宿雁门关作①

记烧烛、雁门高处。
积雪封城,冻云迷路。
添尽香煤②,紫貂相拥③、夜深语。
苦寒如许,难和尔、凄凉句。
一片望乡愁,饮不醉、垆头驼乳。

无处,问长城旧主。但见武灵遗墓④。
沙飞似箭,乱穿向、草中狐兔。
那能使、口北关南⑤,更重作、并州门户⑥。
且莫吊沙场,收拾秦弓归去⑦。

注　释

① 李天生：即李因笃，字孔德，号天生，陕西富平人。康熙十八年（1679）召试博学鸿词。授检讨，旋即乞归。雁门关：在山西省代县北部雁门山，长城重要关口之一。唐于雁门山顶置关，明初移筑今址。历来为山西南北交通要冲。

② 香煤：煤炭。因本来为女子画眉用品，故称香煤。

③ 紫貂：用紫色貂皮制成的衣裳。

④ 武灵遗墓：战国时赵国君主赵武灵王之墓。赵武灵王实行胡服骑射，攻破林胡、楼烦，使得赵国国势大振。后死于沙丘宫，葬于代郡灵丘县（今河北省平乡县东北）。

⑤ 口北关南：指张家口以北，雁门关以南。

⑥ 并州门户：并州，古代九州之一，治所在今山西省太原市。雁门一带是并州的门户。

⑦ 秦弓：秦地所产弓箭。战国屈原《楚辞·国殇》："带长剑兮挟秦弓，首身离兮心不惩。诚既勇兮又以武，终刚强兮不可凌。身既死兮神以灵，子魂魄兮为鬼雄。"

题　解

康熙元年（1662），吴三桂杀死南明永历帝，郑成功已往台湾，抗清活动已经难以进行，但屈大均依然怀着反清复明的希望，故于康熙四年（1665）再次北上，与顾炎武、李因笃、朱彝尊、傅青主先后聚于太原谋划复明之事。据《屈翁山先生年谱》，这首词作于康熙五年（1666），这年冬天，屈大均婚后与夫人华姜和友人李因笃同游雁门关。李因笃亦有《小至雪中同翁山自雁门旋郡》诗收在集子中。这首词作通过描写交通要道雁门关的景色，吊古伤今，表达了作者初心未改、矢志恢复明朝的决心。

赏　析

"记烧烛、雁门高处。"开篇是以回忆的角度切入的，作者想起当日与李因笃一同游览雁门关时的情景。"积雪封城，冻云迷路"点明时节正值严冬。"添尽香煤，紫貂相拥、夜深语"写作者与友人在深夜秉烛长谈。"苦寒如许，难和尔，凄凉句。一片望乡愁，饮不醉、垆头驼乳。"将上片归结于"乡愁"，引出下片的怀古伤今。"无处，问长城旧主。但见武灵遗墓。"作者想起战国时一代英主赵武灵王也长眠于此地，伟烈丰功付与断井颓垣。"沙飞似箭，乱穿向、草中狐兔。"陈维崧《醉落魄·咏鹰》云："人间多少闲狐兔，月黑沙黄，此际偏思汝。"作者想象着能有如赵武灵王一般的英雄人物出现，一扫人间阴霾。"那能使、口北关南，更重作、并州门户"表达了作者不甘心以"口北关南"的并州之地成为清廷统治中原的门户，渴望着能驱除蛮夷，图谋恢复。"且莫吊沙场，收拾秦弓归去。"作者撇开吊古的情绪，回到现实中来，并回应上片的"望乡愁"。收拾秦弓归去，表示作者想要南归继续抗清，并以国殇自命，慷慨激昂的心情直欲喷薄而出。

叶恭绰《广箧中词》评价道："纵横排荡，得稼轩词神髓。"郭则沄《清词玉屑》卷二评价道："顺康才士，抗怀藐世者，无如屈翁山。其《道援堂集》多触时忌语，有《长亭怨·与李天生冬夜宿雁门关作》云云，盖已灰心匡复，而未改灌夫口吻。"

梦 江 南

悲落叶,叶落落当春。
岁岁叶飞还有叶,年年人去更无人①。
红带泪痕新。

悲落叶,叶落绝归期。
纵使归来花满树,新枝不是旧时枝。
且逐水流迟②。

清泪好,点点似珠匀。
蛱蝶情多元凤子③,鸳鸯恩重是花神。
恁得不相亲。

红茉莉,穿作一花梳④。
金缕抽残蝴蝶茧,钗头立尽凤凰雏⑤。
肯忆故人姝⑥。

注　释

① 年年句：唐代刘希夷《代悲白头翁》："年年岁岁花相似，岁岁年年人不同。"
② 且逐水流迟：用红叶题诗典故，据《太平广记》第一百九十八卷记载，唐宣宗时中书舍人卢渥，"偶临御沟，见一红叶"，叶上题诗云："流水何太急，深宫尽日闲。殷勤谢红叶，好去到人间。"
③ 凤子：大的蝴蝶。晋代崔豹《古今注·鱼虫》："（蛱蝶）其大如蝙蝠者，或黑色，或青斑，名为凤子，一名凤车。"
④ 穿作一花梳：用茉莉花穿成串，作为插在头上的饰物。
⑤ 钗头：钗的首端，多指钗。此处指凤凰样式的发钗。
⑥ 故人姝：化用自古乐府《上山采蘼芜》："上山采蘼芜，下山逢故夫。长跪问故夫，新人复何如？新人虽言好，未若故人姝。"

题 解

康熙五年（1666）秋，屈大均与夫人华姜结婚，康熙八年（1669）回到番禺故里，但下一年正月，华姜不幸病逝。这四首小令就是作者为悼念夫人所作。

赏 析

前两首小令皆以"悲落叶"为起兴，抒发作者对亡妻深挚的怀念。"悲落叶，叶落落当春。"妻子正值青春年华却过早离世，正如叶子在春天落下一样。"岁岁叶飞还有叶，年年人去更无人。红带泪痕新。"叶子虽然枯萎，但是明年春来时还会重生，而人一旦死去就再也没有相见的机会。想来怎不令人痛断肝肠！第二首中，"纵使归来花满树，新枝不是旧时枝。且逐水流迟。"作者想象纵然花开满树，但旧枝不再，何况物是人非事事休呢？第四首起句"红茉莉，穿作一花梳"是作者对妻子生前情景的追忆，兰心蕙质的妻子曾将红色茉莉花穿成串作为发饰，鬟佩间顿时活色生香了。"金缕抽残蝴蝶茧，钗头立尽凤凰雏。肯忆故人姝。"纵然日后词人再续弦娶妻，可是对亡妻却是永世难忘的，故云"肯忆故人姝"。词作采用联章体结构而成，缠绵悱恻，一唱三叹，有民歌风味而情感尤深，可谓是一字一泪，哀感顽艳。

王士禛

王士禛（1634—1711），原名王士禛，字子真，一字贻上，号阮亭，又号渔洋山人，山东新城（今山东桓台）人，其家族新城王氏是历代科举鼎盛的书香世家。顺治十五年（1658）进士，先后任扬州府推官、户部福建司郎中，官至刑部尚书。雍正胤禛即位后，为避皇帝名讳，被改名为士正，乾隆即位后，又特赐改为士禛。王士禛官场生涯长达四十余年，仕途顺达，廉洁自律，位列九卿，深得圣眷。但他更多的精力还是投放在了读书和诗词上，曾以四章《秋柳》诗名震南北。王士禛是当时诗坛执牛耳者。在扬州任职时，他广交文人，与陈维崧、吴绮、邹祗谟、孙枝蔚等诗词名家都有交友唱和，总持广陵词坛。王士禛最重要的理论贡献是"神韵说"，论诗词主张意境清雅淡远，含蓄蕴藉。这种诗歌风气风行海内五十年，无论公卿王侯、文人学子，皆奉王士禛为文坛北斗。王士禛诗集有《渔洋诗集》《蚕尾集》等，词集有《衍波词》二卷，与邹祗谟合作编有《倚声初集》二十卷，此外著作还有《带经堂集》《渔洋诗话》《池北偶谈》《香祖笔记》等。

虞 美 人

本意

拔山盖世重瞳目①,
眼底无秦鹿②。
阴陵一夜楚歌声③,
独有美人骏马伴平生④。

感王意气为王死,
名字留青史⑤。
笑他亭长太英雄⑥,
解令辟阳左相监宫中⑦。

注 释

① 拔山盖世：《史记》引项羽《垓下歌》："力拔山兮气盖世，时不利兮骓不逝。"重瞳：古人认为眼睛里有重瞳是帝王之相。《史记·项羽本纪》："吾闻之周生曰'舜目盖重瞳子'，又闻项羽亦重瞳子。"

② 秦鹿：《史记·淮阴侯列传》："秦失其鹿，天下共逐之，于是高材疾足者先得焉。"

③ 阴陵：项羽自刎之地。《史记·项羽本纪》："项王至阴陵，迷失道。"楚歌：即四面楚歌之典，《史记·项羽本纪》记载："项王军壁垓下，兵少食尽，汉军及诸侯兵围之数重。夜闻汉军四面皆楚歌，项王乃大惊，曰：'汉皆已得楚乎？是何楚人之多也！'"后来以此比喻处于四面受敌、孤立无援的困境。

④ 美人骏马：指虞姬与乌骓马。

⑤ 青史：古代以竹简记事，故称史籍为"青史"。唐代温庭筠《过陈琳墓》诗："曾于青史见遗文，今日飘蓬过此坟。"

⑥ 亭长：秦汉时在乡村每十里设一亭，置亭长，掌治安，捕盗贼，理民事，兼管停留旅客。此处指项羽的对手刘邦，刘邦在起兵之前曾经担任泗水亭长。

⑦ 辟阳左相：指西汉吕后时左丞相审食其的封号。初以舍人侍吕后，夤缘迎合，奉命维谨，渐为吕后所宠幸。高祖称帝，封为辟阳侯。吕后时，任左丞相。公卿皆因而决事，权势极大。后借指后妃所宠幸的嬖臣、面首。

题 解

词产生之初，词牌与词意是密切相关的，后来词牌与词的内容渐渐分离了。所谓"本意"即指抒写词牌本身之涵义，词牌"虞美人"本意即是写楚霸王项羽的爱妾虞姬的故事，这首词歌颂了项羽与虞姬坚贞不渝的爱情故事。

赏 析

在楚汉争霸中，项羽虽然是失败的一方，但是他力能扛鼎的气概，宁死不屈的刚毅，令千载之下的人们深深追慕。宋代女词人李清照因痛恨于宋室南渡，写下《夏日绝句》以寄托对项羽的怀念："生当作人杰，死亦为鬼雄。至今思项羽，不肯过江东。"王士禛这首《虞美人》也是为项羽、虞姬而作，"拔山盖世重瞳目，眼底无秦鹿。"作者追想项羽当年的英姿勃发，振臂一呼，推翻暴秦。据说项羽被刘邦、韩信围困后，听到四面楚歌声，不禁心灰意冷，作了一首《垓下歌》："力拔山兮气盖世，时不利兮骓不逝，骓不逝兮可奈何，虞兮虞兮奈若何。"虞姬随着项羽凄凉的歌声拔剑起舞，并唱道："汉兵已略地，四面楚歌声。大王意气尽，贱妾何聊生。"唱完一曲，虞姬拔剑自刎。也就是这首词里所说的"阴陵一夜楚歌声，独有美人骏马伴平生"。

"感王意气为王死，名字留青史"是对虞姬坚贞不屈的高洁品质的歌颂。"笑他亭长太英雄，解令辟阳左相监宫中。""亭长"指刘邦，在刘邦死后，他的皇后吕雉宠幸佞臣，惑乱宫闱。作者不禁嘲笑道，刘邦纵然以各种手段赢得了楚汉战争，但是却没有得到妻子吕雉的真情，从这方面来说，刘邦是失败者，而项羽是爱情中的胜利者，可谓是颠覆了传统的"成王败寇"观念。词作饶有情思与趣味，跌宕起伏，错落有致，在王士禛的词作中别具一格。

纳兰性德

纳兰性德（1655—1685），字容若，原名成德，号楞伽山人。后为避讳太子保成而改名纳兰性德。隶属满洲正黄旗叶赫那拉氏。父亲纳兰明珠，武英殿大学士、太傅，康熙朝的权相之一。康熙十五年（1676），纳兰性德应殿试，赐进士出身，选授侍卫，出入扈从康熙，深得荣宠。他深受汉族文化影响，交友亦不择尊卑贵贱，厌恶宦海沉浮。纳兰性德著述颇丰，涉猎亦广，但是成就最高的还是词，与顾贞观、朱彝尊并称为"京华三绝"，著有《通志堂集》，词集初名为《侧帽集》，后来增补为《饮水词》，后人又汇辑其全部作品编为《纳兰词》，今存词三百五十首左右。

浣 溪 沙

谁念西风独自凉，萧萧黄叶闭疏窗。
沉思往事立残阳。

被酒莫惊春睡重①，赌书消得泼茶香②。
当时只道是寻常。

注 释

① 被酒：为酒所醉，即中酒。
② 赌书：用宋代李清照、赵明诚翻书赌茶的典故。李清照《金石录后序》："余性偶强记，每饭罢，坐归来堂，烹茶，指堆积书史，言某事在某书、某卷、第几叶、第几行，以中否角胜负，为饮茶先后。中，即举杯大笑，至茶倾覆怀中，反不得饮而起。"

题 解

这是一首悼亡的小令，通过写李清照、赵明诚夫妇的琴瑟和鸣、相敬如宾，追忆与亡妻曾经相处的点滴往事。

赏 析

"谁念西风独自凉"，首句刻画出了一个孤单站在风中的落寞者的形象，而此时正值深秋，黄叶萧萧，琐窗紧闭，让人不禁产生荒冷萧瑟之感。"沉思往事"点明了作者独立斜阳的原因，是因为思念往事。大凡美好的事物，只有失去它之后，我们才懂得珍惜。这首小词大概也表现了这样一种情绪吧。一句"当时只道是寻常"写尽此番哀思与无奈。这些在当时自以为是平常的事物，而今尽成了极酸苦的回忆。本以为早已释怀，可只是一个她曾用过的茶盏，就足以翻出对往事的回忆。千家笑语，万家灯火，愈繁华而愈落寞，词人之性情如此。

画 堂 春

一生一代一双人①，争教两处销魂②。
相思相望不相亲，天为谁春？

浆向蓝桥易乞③，药成碧海难奔④。
若容相访饮牛津⑤，相对忘贫。

注 释

① 一生句：化用自唐代骆宾王的《代女道士王灵妃赠道士李荣》："相怜相念倍相亲，一生一代一双人。"
② 争教：怎教。
③ 蓝桥：指裴航云英故事，蓝桥在今陕西蓝田东南蓝溪上，传说此处有仙窟，为裴航遇仙女云英处。据裴铏《传奇·裴航》记载："裴航从鄂渚回京途中，与樊夫人同舟，裴航赠诗致情意，樊夫人答诗云：'一饮琼浆百感生，玄霜捣尽见云英。蓝桥便是神仙窟，何必崎岖上玉清。'后于蓝桥驿因求水喝，得遇云英，裴航向其母求婚，其母曰：'君约取此女者，得玉杵臼，吾当与之也。'"后来裴航终于得到了玉杵，与云英有情人终成眷属。
④ 碧海：指嫦娥奔月故事，《淮南子·览冥训》："羿请不死之药于西王母，姮娥窃之，奔月宫。"
⑤ 饮牛津：古代传说中的天河边，典故出自晋代张华《博物志》："旧说云：天河与海通，近世有人居海渚者，年年八月，有浮槎去来，不失期。人有奇志，立飞阁于槎上，多赍粮，乘槎而去。至一处，有城郭状，屋舍甚严，遥望宫中多织妇，见一丈夫牵牛，渚次饮之。问此何处，答曰：'君还至蜀郡，访严君平则知之。'"此处是借指与恋人相会的地方。

题 解

这首词抒发了作者对亡妻的悼念之情，或有一说是写给入宫而不得相见的恋人。

赏 析

"相怜相念倍相亲，一生一代一双人。"虽本是骆宾王的诗句，经过纳兰性德的化用，更赋予了深挚的涵义，也使得这两句诗更广为人知。作者感叹，本来是多么天造地设的一对人，却被硬生生地分离，只能两处各自销魂，相思而不得相见。上阕纯用口语，仿佛脱口而出，不加藻饰，却有一种充沛的感情。下阕一连用了三个典故，这在小令中非常少见，因小令篇幅短小，不适宜大量用典。"浆向蓝桥易乞"，是用裴航蓝桥遇见云英的典故，来暗指纳兰与情人曾经的相遇。"药成碧海难奔"则一笔转折下去，构成鲜明的对比。纵然拥有不死之灵药，却难像嫦娥那样飞入月宫去。这里委婉道出他与情人的距离是比人间天上的距离更为遥远。末句"若容相访饮牛津，相对忘贫"则是一个无奈的祈愿，如果我能在遥远的天河上再次遇见你，哪怕让我们两个人过着清贫的日子，我也是心甘情愿的啊！然而这终究是不可能实现的。

蝶 恋 花

辛苦最怜天上月,一昔如环,昔昔都成玦①。若似月轮终皎洁,不辞冰雪为卿热②。

无那尘缘容易绝③,燕子依然,软踏帘钩说④。唱罢秋坟愁未歇⑤,春丛认取双栖蝶⑥。

注 释

① 昔:夜。环:圆形玉璧。玦:半环形有缺口的佩玉,古代常用以赠人表示决绝。
② 不辞句:用荀奉倩典故,南朝刘义庆《世说新语》记载:"荀奉倩与妇至笃,冬月,妇病热。乃出中庭自取冷,还以身熨之。妇亡,叹曰,佳人难再得。不哭而神伤,未几,奉倩后少时亦卒。"
③ 无那:无可奈何。
④ 说:指燕子在呢喃碎语。
⑤ 秋坟:化用唐代李贺的《秋来》:"秋坟鬼唱鲍家诗,恨血千年土中碧。"
⑥ 栖蝶:用梁山伯与祝英台死后化蝶典故。

题 解

这首词是为悼念原配妻子卢氏所作。

赏 析

这首《蝶恋花》是纳兰悼亡词的代表作之一。卢氏是两广总督卢兴祖之女，他们于康熙十三年成婚，婚后的生活可谓是"琴瑟在御，莫不静好"。求知己于红颜难，卢氏就堪称是纳兰的知己。但是好景不长，成婚三年后，卢氏就死于难产。纳兰与妻子卢氏的感情极深，在妻子去世后无时无刻不处在思念和悔恨中，写了大量感人肺腑的悼亡之作。据纳兰另一首悼亡词《沁园春》的词序，"辛苦最怜天上月，一昔如环，昔昔都成玦。"当是缘自他的一个梦境。在梦中，他看到亡妻淡妆素服，执手哽咽，临别时说："衔恨愿为天上月，年年犹得向郎圆。"月有阴晴圆缺，然而一个月中，月满的时候也就短短几天，大多数的日子里，月亮都像一块玉玦一样缺损着。就好像人世的相逢总是短暂，更多的是残忍的生离与死别。纳兰忍不住发下誓言，如果月亮能永远皎洁圆满，我也愿意像荀奉倩那样在雪地里温暖着你。荀奉倩是《世说新语》中记载的一个痴情的男人，因为妻子得了热疾，他在大雪天躺在地上，让身体冻得冰冷，再抱住妻子好给她降温。但是妻子最终还是病死了，荀奉倩也抑郁成疾，很快就去世了。

下阕进一步感慨，可知人世的情缘短暂而脆弱，只有燕子还在不知愁地在帘间呢喃轻语，而词人却只能在妻子的坟边哀悼怀念。行文至此可谓极其死寂阴暗了，然而末句却翻出了另一层意思，"春丛认取双栖蝶。"仿佛是一种美丽迷人的幻觉与梦境：在花朵盛开的春天里，他与妻子双双化蝶，以这种方式再次相聚了。真是字字含泪，笔笔带血，痴到了极处，才有如此惊心动魄之语。

蝶 恋 花

出塞

今古河山无定据①。
画角声中②，牧马频来去。
满目荒凉谁可语？西风吹老丹枫树。

从前幽怨应无数。
铁马金戈③，青冢黄昏路④。
一往情深深几许？深山夕照深秋雨。

注 释

① 定据：确定的准则。
② 画角：古代的一种管乐器，从西域传来。形如竹筒，以竹木或皮革等制成，表面涂有彩绘，故称为画角。发声悲厉高亢，古时军中多用以提醒时间，振奋士气，整顿军容。帝王出巡时，亦用以报警戒严。
③ 铁马金戈：形容威武雄壮的士兵和战马。
④ 青冢：原指汉王昭君墓，在今内蒙古自治区呼和浩特市南。传说当地多白草而此冢独青，故名青冢。此处为边疆少数民族地区的借指。

题 解

这首《蝶恋花·出塞》为纳兰性德随从康熙出塞巡游时所作，描写边地风光与个人情怀。

赏 析

最早在词中写边塞风光的应推北宋名臣范仲淹的《渔家傲·秋思》，但是后来就很少有人写了，尤其是小令，大概是因为边塞的荒冷景色与令词的婉约含蓄并不相称。而到清代纳兰性德这里，边塞词又再次焕发出生机与活力。纳兰性德被康熙选授为一等侍卫，出入扈从，经常随从康熙出巡边塞，在一般人看来是遥不可及的荣宠，而纳兰的边塞词却多是表达对仕宦与行旅的厌弃。这首《蝶恋花》所表达的就更是一种近乎于"孤臣孽子"的情绪了。开端即以悲凉的语调言明自己的感受：古往今来的山河，都是没有定据的。凄恻的画角声与壮阔的牧马图勾勒出一派壮大的边塞风光。而下阕的"从前幽怨应无数"仿佛语含深意，词人回顾战火纷飞的历史，都在这片土地上留下了苦难的印记。"一往情深深几许？深山夕照深秋雨。"以景语作结，更是将思绪拉入无穷无尽的深山风雨中，让人更觉耐人寻味，思绪万端。

整首词语言晓畅流动，在壮阔的边塞描写中又带有纳兰性德独特的细腻而沉静的思考方式，正如王国维在《人间词话》中对纳兰的评价："以自然之眼观物，以自然之舌言情。此由初入中原，未染汉人风气，故能真切如此。"

金 缕 曲

赠顾梁汾

德也狂生耳①。
偶然间、缁尘京国,乌衣门第②。
有酒惟浇赵州土③,谁会成生此意④?
不信道、遂成知己。
青眼高歌俱未老⑤,向樽前、拭尽英雄泪。
君不见,月如水。

共君此夜须沉醉。
且由他、蛾眉谣诼⑥,古今同忌。
身世悠悠何足问,冷笑置之而已。
寻思起、从头翻悔。
一日心期千劫在⑦,后身缘、恐结他生里。
然诺重⑧,君须记。

注 释

① 德：纳兰性德自谓。
② 乌衣门第：比喻王公贵族的居处。唐代刘禹锡《乌衣巷》："朱雀桥边野草花，乌衣巷口夕阳斜。"
③ 赵州土：借用自唐代诗人李贺《浩歌》："买丝绣作平原君，有酒唯浇赵州土。""赵州土"指的是战国四公子之一平原君的墓地。平原君素好养士，死后虽未葬于赵州，但贵为赵国公子、赵相，后人便称他的坟墓为"赵州土"。
④ 成生：纳兰性德原名成德，故作此自称。
⑤ 青眼：比喻青春年少。
⑥ 蛾眉谣诼：指正人君子被造谣毁谤，战国屈原《楚辞·离骚》："众女嫉余之蛾眉兮，谣诼谓余以善淫。"
⑦ 心期：以心相许。比喻引为知己。千劫：佛教称世界从生成到毁灭的过程为一劫，千劫犹千世，形容时间极长。
⑧ 诺重：指顾贞观请求纳兰性德对遭遇"丁酉科场案"被流放宁古塔的吴兆骞施以援手，纳兰性德慨然应允。

题 解

这首《金缕曲》是纳兰性德与当时另一位著名诗人顾贞观的订交之作。

赏 析

纳兰性德最善于作小令，他的慢词长调虽然没有小令出色，但也颇有可观之处。康熙十五年（1676），顾贞观来到太傅纳兰明珠府中做塾师，纳兰性德从此与顾贞观结交，相互写了不少赠答之词。这首《金缕曲》就是二人道义订交之作。起句十分奇兀，使人陡然一惊。继而用李贺《浩歌》"买丝绣作平原君，有酒唯浇赵州土"与杜甫《短歌行》"青眼高歌望吾子，眼中之人我老矣"，庆幸两人尚值盛年，其实他们相遇时，顾贞观四十岁，纳兰不过是二十二岁的少年，可以说是一对忘年交了。

滔滔天下，知己一人是谁？纳兰曾感叹"知我者，梁汾耳"。纳兰性德极为重情义，不仅对他的妻子，还有他的朋友们，他都是以一颗真诚的心来相与结交。在他的努力下，吴兆骞得以从绝境宁古塔生还。康熙二十四年（1685）暮春，他抱病与好友相聚，归来后一病不起，七日后溘然而逝，年仅三十岁。贞观悲痛不已，在性德逝世的第二年即回归故里。《金缕曲》中的"后身缘、恐结他生里"竟然一语成谶。后来顾贞观和词附注，也说"私讶他生再结，殊不祥何意，为乙丑五月之谶也，伤哉！"乙丑五月是纳兰去世之期，所谓情深不寿，慧极必伤，用来形容纳兰性德是再合适不过的了。纳兰性德没有受到世俗社会的侵染，保持了相对纯真的心胸，这是他的独特之处。于是纳兰性德的词也显得特别玲珑剔透，脱凡超俗，纯任性灵。

附：顾贞观《金缕曲·酬容若见赠次原韵》

且住为佳耳。任相猜、驰笺紫阁，曳裾朱第。不是世人皆欲杀，争显怜才真意。容易得、一人知己。惭愧王孙图报薄，只千金、当洒平生泪。曾不直，一杯水。

歌残击筑心逾醉。忆当年、侯生垂老，始逢无忌。亲在许身犹未得，侠烈今生已已。但结托、来生休悔。俄顷重投胶在漆，似旧曾、相识屠沽里。名预籍，石函记。

郑燮

郑燮（1693—1766），字克柔，号理庵，又号板桥，江苏兴化人，以书画诗词闻名于世，画以兰、竹著称，是著名的"扬州八怪"之一。曾先后任山东范县、潍县知县，因饥荒请赈，触忤大吏，托病归原籍，靠出售书画为生。著有《板桥诗钞》《板桥词钞》等。郑燮主张书写真情，曾表白："英雄何必读书史，直摅血性为文章。不仙不佛不圣贤，笔墨之外有主张。"（《偶然作》）板桥词一向为其书画上的盛名所掩，而事实上，郑板桥的词作在清代可称是自成一家，风格独特，其词学苏、辛，多表现为对人民生活疾苦的关心与对社会黑暗现实的不满，往往突破了传统的儒家思想观念。如陈廷焯在《云韶集》中所评价："板桥词摆去束缚，其源亦出苏、辛、刘、蒋，而更加以一百二十分恣肆，真词坛霹雳手也。"

沁 园 春

恨

花亦无知,月亦无聊,酒亦无灵。
把夭桃斫断①,煞他风景。
鹦哥煮熟②,佐我杯羹。
焚砚烧书,椎琴裂画③,毁尽文章抹尽名。
荥阳郑④,有慕歌家世,乞食风情。

单寒骨相难更,笑席帽青衫太瘦生⑤。
看蓬门秋草,年年破巷,疏窗细雨,夜夜孤灯。
难道天公,还箝恨口,不许长吁一两声?
癫狂甚,取乌丝百幅⑥,细写凄清。

注　释

① 夭桃：《诗经·周南·桃夭》："桃之夭夭，灼灼其华。"
② 鹦哥：即鹦鹉。
③ 椎琴：把琴摔破。典出《吕氏春秋》："钟子期死，伯牙破琴绝弦，终身不复鼓琴。"
④ 荥阳郑：出自唐传奇白行简作品《李娃传》，出身仕宦世家的荥阳郑生，与妓女李娃相爱，金钱用尽后被老鸨赶走，流落街头，靠葬礼卖唱为生。其父荥阳公得知后大怒，将郑生打得奄奄一息。郑生又沦为乞丐，李娃将他救下，后郑生科举及第，夫妻团聚。
⑤ 席帽：古时帽子的形制。以藤席为骨架，形似毡笠，四缘垂下，可蔽日遮颜。青衫：唐代八品、九品官员的服色。
⑥ 乌丝：亦作乌丝阑，指上下以乌丝织成栏，其间用朱墨界行的绢素。后亦指有墨线格子的笺纸。

题 解

郑燮半生艰难,四十岁才中举人,这首词作于中举之前,故题为"恨"字,一吐对压抑人才的腐朽体制与严酷文网的痛恨憎恶,体现了作者放荡不羁、藐视礼法的心态。

赏 析

"花亦无知,月亦无聊,酒亦无灵。"开篇用了三个排比句,花、月、酒都是无聊无知之物,不能消愁,更不能解恨。作者于是产生了一系列奇特的幻想,"夭桃斫断,鹦哥煮熟,焚砚烧书,椎琴裂画,毁尽文章。"把传统文士追求的琴棋书画、诗酒茶花都摒弃了,去追求一个真正自由、适意的生活。"荥阳郑,有慕歌家世,乞食风情。"在极端苦闷孤愤的情绪下,作者反而羡慕起流落街头的荥阳郑生:就算是做一个自由的乞丐,也比一个被束缚的读书人要好得多吧。

"单寒骨相难更,笑席帽青衫太瘦生。"青衫破帽,瘦骨嶙峋,是作者的自我形象写照。"看蓬门秋草,年年破巷,疏窗细雨,夜夜孤灯。"作者不慕名利,生活非常清苦,居于破巷蓬门间,却能安贫乐道、不改其志。"难道天公,还箝恨口,不许长吁一两声?"康熙、雍正、乾隆时期,清朝文字狱极为严酷,读书人动辄得咎,作者却不畏强权,嘲弄道:难道天公就不允许人民叹息一两声吗?"癫狂甚,取乌丝百幅,细写凄清。""癫狂"是郑板桥对自我精神风貌的定位,也是在封建文网压制下,尚有良知的知识分子唯一可以选择的道路,然而清醒而独立的人终究是痛苦的,作者也只能借诗、书、画,倾诉心中的凄清与桀骜。

整首词皆是满腹愤懑之语,将胸中块垒淋漓洒尽,风神豪迈,粗莽磊落,气势一往无前。读了这首词后,或许更能理解郑板桥的画风何以会如此奇崛诡怪。那皆是他个人独特而痛苦的生命体验。

吴藻

　　吴藻（1799—1862），字蘋香，自号玉岑子。浙江仁和（今杭州）人，自幼聪颖好学，被视为才女。工诗词，成年后专力于词，后来嫁给一黄姓商人为妻，终生郁郁寡欢。晚年移住南湖，筑室"香南雪北庐"。著有《花帘词》与《香南雪北词》，合称为《香雪庐词》。吴藻是嘉庆、道光时期最有影响力的女词人，时人将她与纳兰容若并称。吴藻经常在词作中表现出对人生、社会、女性处境的思考与追求，思路开阔，不局限于离愁闺思的抒发上，因生而为女儿身抱憾。画《饮酒读骚图》，把自己画成身着男装的形象。作杂剧《乔影》风行大江南北。吴藻的老师、当时著名诗人陈文述评价她为"前生名士，今生美人"，并称她的词是"豪宕近乎苏辛"，可谓是一句十分得当的评价。

乳燕飞

读《红楼梦》

欲补天何用。
尽销魂、红楼深处,翠围香拥。
骄女痴儿愁不醒①,日日苦将情种。
问谁个、是真情种。
顽石有灵仙有恨②,只蚕丝、烛泪三生共。
勾却了、太虚梦。

喁喁语向苍苔空③。
似依依、玉钗头上,桐花小凤④。
黄土茜纱成语谶⑤,消得美人心痛。
何处吊、埋香故冢?
花落花开人不见,哭春风、有泪和花恸。
花不语,泪如涌。

注　释

① 骏（ái）女：傻女子。骏女痴儿，指迷恋于情爱的男女。
② 顽石：《红楼梦》中的通灵宝玉是女娲补天炼石所化。
③ 喁喁（yóng）：拟声词，形容人语声。
④ 桐花小凤：桐花凤，一种鸟名，暮春时栖集于桐花之上，故而得名。
⑤ 黄土茜纱：《红楼梦》中贾宝玉悼念晴雯的《芙蓉女儿诔》，与黛玉斟酌后有"茜纱窗下，我本无缘；黄土垄中，卿何薄命"的句子。

题 解

这首词是吴藻读《红楼梦》后所作,对宝玉、黛玉"木石姻缘"的破灭表达了同情与哀悼,同时也是自伤"薄命"。

赏 析

《红楼梦》中的通灵宝玉本是女娲补天的灵石,却被遗弃在大荒山无稽崖下,因思慕人间繁华,便由一僧一道携入红尘经历悲欢离合。有诗曰:"无才可去补苍天,枉入红尘若许年。此系身前身后事,倩谁记去作奇传。"这也是吴藻词中"欲补天何用"所指之涵义。"问谁个、是真情种。"化用自贾宝玉在警幻仙子处所听《红楼梦》套曲之引子:"开辟鸿蒙,谁为情种,都只为风月情浓。"而林黛玉前生本是西方灵河岸边的一株绛珠仙草,因受神瑛侍者甘露之恩,便自愿降凡历劫,以毕生的眼泪还报,故贾宝玉、林黛玉在前世就已定下了"木石姻缘",因此词中云"顽石有灵仙有恨"。然而"木石姻缘"终究抵不过象征人间富贵繁华的"金玉良缘",成为一场梦幻泡影。

"喁喁语向苍苔空。"《红楼梦》第二十六回中,林黛玉去怡红院看望宝玉,却无人给她开门,她误认为受到了宝玉的冷落,又听到了宝钗与宝玉谈笑的声音,越想越伤感起来,"也不顾苍苔露冷,花径风寒,独立墙角边花阴之下,悲悲戚戚呜咽起来。"连一旁树枝上的鸟雀都飞起远避,不忍再听。"玉钗头上,桐花小凤。"化用自清代王士禛的名作《蝶恋花·和漱玉词》:"郎似桐花,妾似桐花凤。""黄土茜纱成语谶",也是红楼中一则故事。贾宝玉在晴雯死后,为悼念她而作《芙蓉女儿诔》,其中有一句"红绡帐里,公子多情。黄土垄中,女儿薄命"。林黛玉听了,说不妨改为:"茜纱窗下,我本无缘。黄土垄中,卿何薄命。"却不由得自己心下暗惊,感到是不祥的谶语。后来林黛玉魂归黄土,病神瑛泪洒相思地,果然是应了"我本无缘,卿何薄命"的话来。"何处吊、埋香故冢?花落花开人不见"化用自林黛玉《葬花吟》:"花谢花飞花满天,红消香断有谁怜。""侬今葬花人笑痴,他年葬侬知是谁?"多情的女词人读了《红楼梦》后悲伤不已，竟然幻想着去黛玉的墓前祭奠一番，然而最终不过是："花不语，泪如涌。"

  这首词写得十分哀婉凄恻，和《红楼梦》的气氛相应。这也是因吴藻有感于自己不幸的婚姻与身世，投注了自己的深挚的感情。

金 缕 曲

闷欲呼天说。

问苍苍、生人在世,忍偏磨灭。

从古难消豪士气,也只书空咄咄①。

正自检、断肠诗阅。

看到伤心翻失笑,笑公然愁是吾家物。

都并入、笔端结。

英雄儿女原无别。

叹千秋、收场一例②,泪皆成血。

待把柔肠轻放下,不唱柳边风月③。

且整顿、铜琶铁拨④。

读罢《离骚》还酌酒,向大江东去歌残阕⑤。

声早遏,碧云裂。

注 释

① 书空咄咄：表示叹息、愤慨、惊诧。典故出自南朝刘义庆《世说新语》："殷中军被废，在信安，终日恒书空作字。扬州吏民寻义逐之，窃视，唯作'咄咄怪事'四字而已。"
② 一例：一律，同等。
③ 柳边风月：指宋代词人柳永的代表作《雨霖铃》："今宵酒醒何处，杨柳岸晓风残月。"宋代俞文豹《吹剑续录》："东坡在玉堂日，有幕士善讴。因问：'我词比柳七词如何？'对曰：'柳郎中词，只好十七八女孩儿执红牙拍板，唱杨柳岸晓风残月。学士词，须关西大汉执铁板，唱大江东去。'公为之绝倒。"
④ 铜琶铁拨：弹拨弦乐器的工具。铁制而成，故名。形容豪迈激越的文章风格。
⑤ 大江东去：指宋代苏轼的名作《念奴娇·赤壁怀古》："大江东去，浪淘尽、千古风流人物。"

题　解

这是作者的一首自述志向之词，体现了一种渴望男女平等与个性解放的反叛意识。

赏　析

"闷欲呼天说"，词的开篇即向天呼号，"从古难消豪士气"，作者身为女子，却以"豪士"自居。如著名诗人陈文述评价得意弟子吴藻为："前生名士，今生美人。""笑公然愁是吾家物。"虽是写愁，却十分旷达晓畅。

"英雄儿女原无别"体现了对男女平等的渴望。对作者来说，"饮酒读骚"一直是她心中的理想生活。既然儿女原无别，又何妨"读罢《离骚》还酌酒"。她幻想能够摆脱"束缚形骸"的女儿身，一变而为男子，在饮酒读骚中寻求个性的解放。"不唱柳边风月"与"向大江东去歌残阕"，体现了作者对苏轼、辛弃疾这种豪宕词风的接受与偏爱。整首词思绪开阔，以慷慨激昂之语抒发了心中久久被压抑的不平之气，没有落入闺秀词只限于离愁别绪的窠臼中，迥异于一般女词人的口吻。

厉鹗

厉鹗（1692—1752），字太鸿，又字雄飞，号樊榭，又号南湖花隐，浙江钱塘（今浙江杭州）人。幼时即孤，家境贫寒，赖其兄贩烟草为生。康熙五十九年（1720）举人，十年间曾两度赴京未中进士。乾隆元年（1736），应博学鸿词科考试，因不慎失误而落选，可谓是有才无命剧堪嗟。厉鹗从此无心于仕途，以设馆授徒为业，坐馆于扬州马曰琯、马曰璐兄弟的藏书楼"小玲珑山馆"，专意于著述。厉鹗博学多才，建树尤广。在诗歌上，他是清代"宋诗派"成就最高的诗人之一。在词学上，厉鹗的造诣也极高，他是浙派中期巨子，继朱彝尊之后的词坛领袖式人物，作词推崇姜夔、张炎，字句工炼，笔致清疏细巧，词风幽寂清丽，在当时词坛上影响很大，使得清代中叶"言词者莫不以樊榭为宗"，特别在浙江地区造成了较大影响，效法者尤多，至有"近来浙派入人深，樊榭家家欲铸金"。厉鹗著作等身，有《樊榭山房集》《宋诗纪事》《绝妙好词笺》《秋林琴雅》等七部。其词论主张主要保留在一些词籍序跋中，如《论词绝句》十二首。

百 字 令

丁酉清明①

春光老去。
恨年年心事，春能拘管。
永日空园双燕语②，折尽柳条长短。
白眼看天，青袍似草，最觉当歌懒。
悄悄门巷③，落花早又吹满。

凝想烟月当时，饧箫旧市④，惯逐嬉春伴。
一自笑桃人去后，几叶碧云深浅。
乱掷榆钱，细垂桐乳⑤，尚惹游丝转。
望中何处，那堪天远山远。

注　释

① 丁酉：康熙五十六年（1717），此时作者二十六岁。
② 永日：从早到晚。
③ 悄悄：寂静无声。
④ 饧（xíng）箫：卖饧糖人所吹的箫，是卖糖人为招徕顾客而吹的箫声。
⑤ 桐乳：桐子，形状如乳形。

题 解

这首词写清明之时,作者对曾经恋人的怀念之情。春天里他们在一起游玩嬉戏,有着许多美好的记忆,后来不得不分开,给作者留下了无尽的惆怅与哀伤。

赏 析

词的上片从睹物思人写起,又是一年的春光白白逝去,而作者心中的离情别绪却无人理会。"永日空园双燕语"则是用眼前之景写怀人思绪,"双燕"反衬出作者的形单影只。"白眼看天"用阮籍的典故,据《晋书·阮籍传》记载,阮籍能为青白眼,这也写出了作者当年的疏狂意气。"青袍似草",化用自古诗《穆穆清风至》中的"青袍似春草,长条随风舒"。而自从与恋人分离,燕子呢喃,门巷寂寞,落花早又吹满。

下片由"凝想"二字带出了对当初与恋人相聚情景的回忆。"饧箫旧市,惯逐嬉春伴",一笔勾勒出往事的温馨与甜美。曾经与恋人在街市上欢乐地游玩,然而现在想起不过是徒增伤感了。可谓以乐景衬托哀情。"一自笑桃人去后",暗用刘晨、阮肇入天台的典故。据《太平广记》记载,东汉时刘晨、阮肇入天台山采药,遇二女,留住半年回家,子孙已历七世,才知二女为仙女。这也为作者往日的恋情抹上了一笔神秘飘渺的色彩。"乱掷榆钱,细垂桐乳"回到对暮春景色的描写上:榆钱飘洒,柳絮纷飞,游丝缕缕,又是一年的春天离去了,留给作者的却依然只是迷惘与伤感。"望中何处,那堪天远山远。"点明题旨,将怀人的情感推向了极处。

百 字 令

月夜过七里滩①,光景奇绝。歌此调,几令众山皆响。

秋光今夜,向桐江②、为写当年高躅③。
风露皆非人世有,自坐船头吹竹。
万籁生山,一星在水,鹤梦疑重续④。
挐音遥去⑤,西岩渔父初宿⑥。

心忆汐社沉埋⑦,清狂不见,使我形容独。
寂寂冷萤三四点,穿过前湾茅屋。
林净藏烟,峰危限月,帆影摇空绿。
随风飘荡,白云还卧深谷。

注　释

① 七里滩：又名七里泷，在今浙江桐庐县严陵山西，两山夹峙，水流湍急。
② 桐江：富春江流经桐庐县的一段称为"桐江"。
③ 高躅：高人的足迹。指东汉时严光的隐居遗迹。据《后汉书》卷八十三《逸民传·严光传》记载："（严光）除为谏议大夫，不屈，乃耕于富春山，后人名其钓处为严陵濑焉。"唐代李贤注引顾野王《舆地志》称："桐庐县南有严子陵渔钓处，今山边有石，上平，可坐十人，临水，名为严陵钓坛也。"今浙江桐庐县存有严子陵钓鱼台，分东西二台，均高达二十余丈，下临富春江。
④ 鹤梦：指超凡脱俗的向往。唐代司空图《与李生论诗书》："地凉清鹤梦，林静肃僧仪。"
⑤ 挈音：船桨拨水的声音。挈，通"桡"，船桨。
⑥ 西岩：指渔夫的宿处，化用自唐代柳宗元《渔父》："渔翁夜傍西岩宿，晓汲清湘燃楚竹。烟销日出不见人，欸乃一声山水绿。"
⑦ 汐社：宋代遗民谢翱创立的诗社名，取其潮汐有信之含意。宋代方凤《谢君翱行状》："谢翱后避地浙水东，留永嘉、括苍四年，往来鄞越复五年，大率不务为一世人所好，而独求故老与同志，以证其所得。会友之所名汐社，期晚而信，盖取诸潮汐。"

题　解

这是一首纪游词,作者在词中描绘了一个飘渺出尘、梦幻般的月夜环境,并借以怀念东汉隐居不仕的严光,与宋末组织汐社祭奠文天祥的谢翱,表达了追怀前贤,渴望远离尘世的思想感情。

赏　析

七里滩在桐庐县严陵山西,为富春江之一段,严子陵钓台设于其侧。元代画家黄公望的《富春山居图》就是以水墨描绘了富春江超尘脱俗的景色。厉鹗这首词也写得不类人境,飘渺出尘,超越了时空,超越了所有人间的烦恼。"秋光今夜,向桐江、为写当年高躅。"开篇就点出了作者描绘这一幅秋江月夜图是为了突出当年的高士,即独钓于高台的严子陵。"风露皆非人世有,自坐船头吹竹。"作者独坐船头吹笛的形象,更突出了寂寥宁静的心境。在这种"万籁生山,一星在水"的绝尘世界中,作者不由得感叹道"鹤梦疑重续"。他所向往的清高品格似乎也能穿越时空延续着固有的温度。"挐音遥去,西岩渔父初宿。"化用柳宗元《渔父》名句,将上片的意境笼罩于一片欸乃声中。我们也可以从中感受到,作者营造出的离尘出世场景,只是为了烘托他心中的奇绝高人。

七里滩如此幽静空灵的景色,难免使作者怀念起了宋代遗民谢翱,"心忆汐社沉埋,清狂不见,使我形容独。"古人不见,令人心伤,汐社风流已经湮没于历史风烟中,只留下作者今夜的遥想与追忆。"林净藏烟,峰危限月,帆影摇空绿。"进一步渲染了烟月清江的朦胧景致。如严迪昌先生在《清词史》中所论:"帆影摇空绿,完全可移作为厉鹗艺术风貌的意象评语。""帆影"本是虚幻的,"空绿"是月下江面上虚实相生的物象,如此虚实叠加营造出了一种流转空灵的韵味。这一点灵性与幽思最终"随风飘荡,白云还卧深谷"。作者的心灵似乎化为一片白云,闲卧在空谷之中。这首词是厉鹗的代表作,历来称誉不绝,如陈廷焯《白雨斋词话》卷四:"无一字不清俊。"又曰:"炼字炼句,归於纯雅,此境亦未易到也。"谭献《箧中词》评价道:"与洞庭词壮浪幽情,各极其用。"

　　厉鹗词境极其曲折遥深，丰神摇曳，他追求清空、超脱的审美境界，忧郁躁动的心态是他要避免与扬弃的。但是也应看到，一味的清空超俗，也会令他的作品过于不染人间烟火气，离开了现实世界，文学作品的深度、厚度难免就会受到削弱。

贺双卿

贺双卿（1715—1735），初名卿卿，字秋碧，江苏丹阳人。生有夙慧，七岁就独自到离家不远的书馆听先生讲课。年十八岁时嫁与金坛周姓樵子家，丈夫长她十余岁，没有文化而且生性残暴，婆婆也凶恶，据清代史震林《西青散记》记载，双卿到婆家后不长时间，便久病不愈，在临终前的日子里，仍然"事舅姑愈谨，邻里称其孝。夫性益暴，善承其喜怒，弗敢稍忤"。双卿素善诗词，家贫无纸墨，便以芦叶蘸煤灰写成，其词今存十四首，后人辑有《雪压轩诗词集》。

凤凰台上忆吹箫

赠邻女韩西

寸寸微云,丝丝残照①,有无明灭难消。
正断魂魂断,闪闪摇摇。
望望山山水水,人去去、隐隐迢迢。
从今后,酸酸楚楚,只似今宵。

青遥。问天不应,看小小双卿,袅袅无聊。
更见谁谁见,谁痛花娇②。
谁望欢欢喜喜,偷素粉③、写写描描。
谁还管,生生世世,夜夜朝朝。

注　释

① 残照:落日的余晖。
② 花娇:形容女子妖媚轻盈的姿态。
③ 素粉:古代女子化妆用具。

题 解

这首词是作者赠给邻居韩西的作品，表达对青春年华与美好生命被无情吞噬的痛楚。

赏 析

双卿备受虐待，最后劳累而死，去世时年仅二十一岁。这首词也是她悲惨命运中的心灵写照。通篇都使用叠词，寸寸、丝丝、闪闪、摇摇、隐隐、迢迢，表现了一种缠绵悱恻的情致，"小小双卿"，是自怜自哀自伤之语，在诗词中，很少有作者把自己的名字写进作品里，而双卿却多次直接提到自己的名字，这是一种自我意识的觉醒。"谁望欢欢喜喜，偷素粉、写写描描。"据说双卿的丈夫后来再娶妻，双卿更受冷落，此时她不由得想到，一边是欢喜地梳洗装扮迎接新人，而自己却是咀嚼着孤独与病痛的折磨。

这首词笼罩着一股若即若离、如泣如诉的悲伤气质。历代虽不乏才女闺秀，但大多出身于书香门第、官宦世家，远如谢道韫、上官婉儿，近如吴藻、顾太清，而贺双卿可以说是很少的甚至绝无仅有的一个出身贫寒人家的女词人。这也使得她形成了独特的词风，以细致入微之笔抒写贫困生活中的真实感受。陈廷焯在《白雨斋词话》中评曰："其情哀，其词苦。用双字至二十余叠，亦可谓广大神通矣。易安见之，亦当避席。"

曹雪芹

曹雪芹（1715—1763），名霑，字梦阮，号雪芹，又号芹溪、芹圃。原籍河北丰润，关外祖籍辽宁铁岭。先世为汉人。曹雪芹生于南京，约十三岁时迁回北京。祖父曹寅为满洲贵族包衣，隶属正白旗，颇受康熙帝宠信。曹家祖孙三代四人先后担任江宁织造，荣极一时，故曹雪芹早年在南京江宁织造府有过一段鲜花着锦、烈火烹油的富贵生活。雍正六年（1728），曹頫因参与皇子夺嫡之争受到牵连，并获亏空罪而被革职抄家。曹雪芹随全家迁回北京，移居北京西郊，靠卖字画和朋友救济为生，穷困潦倒，甚至到了"举家食粥"的地步。曹雪芹付诸毕生心血"披阅十载，增删五次"写就的《红楼梦》，是中国古典小说史上的最高峰。曹雪芹虽然不以诗词为专业，但是在《红楼梦》中，他为书中人物所作的诗词，颇为贴切，十分符合人物的性格与情节的推动，是小说不可分割的一部分。

唐多令

粉堕百花洲①，香残燕子楼②。
一团团、逐对成毬，
飘泊亦如人命薄，空缱绻，说风流。

草木也知愁，韶华竟白头。
叹今生、谁舍谁收？
嫁与东风春不管，凭尔去，忍淹留。

注　释

① 百花洲：在今江苏苏州，据说是春秋时期吴王夫差携西施游览西湖的地方。明代诗人高启《百花洲》："吴王在时百花开，画船载乐洲边来。吴王去后百花落，歌吹无闻洲寂寞。花开花落年年春，前后看花应几人。"

② 燕子楼：楼名，在今江苏徐州。据唐代诗人白居易《燕子楼诗序》记载，此为唐代贞元年间尚书张建封之爱妾关盼盼的居所。张去世后，盼盼念旧不嫁，独居此楼十余年。后以"燕子楼"泛指女子居所。

题　解

这首《唐多令》为咏柳絮之词，作者为主人公林黛玉所拟作。出现在《红楼梦》第七十回"林黛玉重建桃花社，史湘云偶填柳絮词"中，史湘云因见柳花飘舞，便偶成一小令《如梦令》，其词曰："岂是绣绒残吐，卷起半帘香雾，纤手自拈来，空使啼燕妒。且住，且住！莫使春光别去。"贾宝玉、林黛玉、薛宝钗、薛宝琴诸人因此拈阄分题，同作柳絮词，而在词中都寄寓了各人的命运。

赏　析

"粉堕百花洲，香残燕子楼。"起调就是哀婉欲绝，并用了"百花洲"与"燕子楼"两个典故，"百花洲"在林黛玉的故乡江苏苏州，"燕子楼"也在江苏，林黛玉本是姑苏人，因母亲病故来到贾府，后来父亲林如海也病逝，黛玉更是孤苦无依。"一团团、逐对成毬"，描写柳絮在风的吹拂下卷成一团飞舞的样子。

"草木也知愁，韶华竟白头。"由柳絮写到自身，因两者同是漂泊的命运。"叹今生、谁舍谁收？"也是林黛玉对自身命运的悲叹。"嫁与东风春不管"，化用自唐代诗人李贺的《南园十三首》："可怜日暮嫣香落，嫁与春风不用媒。""凭尔去，忍淹留。"也只能任其飘零天涯了，这是林黛玉自伤之语。

后来贾宝玉与薛宝钗完婚，林黛玉凄凉地死去，"木石姻缘"终究是抵不过"金玉良缘"，一语成谶，也是印证了林黛玉柳絮词里的"飘泊亦如人命薄""嫁与东风春不管"。整首词借物抒怀，缠绵悱恻，柳絮与人物的情感融为一体，十分动人。

临 江 仙

柳絮

白玉堂前春解舞，东风卷得均匀。
蜂团蝶阵乱纷纷，几曾随逝水①，岂必委芳尘。

万缕千丝终不改，任他随聚随分。
韶华休笑本无根，好风凭借力，送我上青云。

注 释

① 逝水：传说柳絮入水则化为浮萍。

题 解

这首《临江仙·柳絮》是曹雪芹为薛宝钗拟作，在众人的柳絮词中一举夺魁，词作大气豪放，与林黛玉的凄凉哀婉形成鲜明对比，也是薛宝钗个人志向的写照。

赏 析

柳絮纷飞时往往是暮春，历代文人多以此抒写伤春情绪与漂泊命运，一派感伤的情绪。而薛宝钗这首《临江仙·柳絮》却是豪气干云，不同凡响。"白玉堂前春解舞，东风卷得均匀。"开篇气势不凡，"均匀"指柳絮被东风吹拂得疏密得当。"蜂团蝶阵乱纷纷，几曾随逝水，岂必委芳尘。"虽然外界环境是"蜂团蝶阵"的喧闹，但是柳絮却能自得其乐。

"万缕千丝终不改，任他随聚随分。"体现了薛宝钗的处世态度，即随遇而安，随境转化。"韶华休笑本无根"，柳絮本是无根之物，所以只能随风漂泊，而薛宝钗却不以为意，这也为柳絮一直被认为的"轻薄无根"翻了案。"好风凭借力，送我上青云。"结句堪称是奇语，更是全篇的词眼。这里的"我"，既是指柳絮，更是指薛宝钗自己。

薛宝钗本是为待选秀女而进京，与林黛玉的孤傲清高不同，薛宝钗为人处世温柔敦厚，"行为豁达，随分从时"，所以在贾府也得到了贾母、王夫人等长辈的喜爱，最终与贾宝玉结合，成就了"金玉良缘"。这首咏柳絮词，也是薛宝钗人生理想与处世哲学的体现。

黄景仁

黄景仁（1749—1783），字汉镛，一字仲则，号鹿菲子，江苏武进（今属江苏常州）人。自幼聪颖，虽然四岁丧父，但母亲屠氏教导有方，六岁时参加郡县会试，居然在三千人中获得第一名。黄景仁性格"狂傲少谐"，恃才傲物，成年后浪迹四方，以诗负盛名，和王昙并称"二仲"，和洪亮吉并称"二俊"，为毗陵七子之一。乾隆三十六年（1771），入安徽督学朱筠幕，以一首《太白楼醉中作歌》名扬文坛。乾隆四十一年（1776），在乾隆东巡举行的召试中，黄景仁列为二等，授予武英殿书签官，任主簿。乾隆四十六年（1781）秋游西安时，得到陕西巡抚毕沅的资助，捐得一个县丞的职位，第二年到京，在吏部等待任官。之后却为债主所逼，带病离开北京，跋涉太行山、雁门关，到达山西解州时病发而死，年仅三十五岁。著有《两当轩集》，中有《竹眠词》三卷，亦名《悔存词钞》《两当轩诗余》。

行 香 子

曲唱凉州①，曲唱伊州，送征人万里边愁。
车轮一转，都望封侯。
总不知春，不知夏，不知秋。

一剑犹留，双泪难收，铁衣穿尽海西头②。
旧时同伴，鬼哭啾啾③。
也有耶娘④，有妻子，有田畴⑤。

注　释

① 凉州：《凉州》与《伊州》同源自龟兹乐，在唐代《教坊记》中列为大曲，因二曲同源，故常并称为"伊凉"，乐曲风格激越悲苦。
② 铁衣：古代战士用铁片制成的战衣。海西头：泛指西域一带。
③ 啾啾（jiū）：拟声词，形容凄切尖细的声音。
④ 耶娘：即"爷娘"，父母亲。
⑤ 田畴：指田地。

题 解

这首词表现了作者对繁重徭役制度的批判，以及对被战争剥夺生命的人民的深切同情。

赏 析

"曲唱凉州，曲唱伊州。"《凉州》与《伊州》都是古代反映边塞生活的乐曲。"车轮一转，都望封侯。"可是一将功成万骨枯，更多的牺牲是在战争中默默死去的士卒。"旧时同伴，鬼哭啾啾。"化用自杜甫《兵车行》："新鬼烦冤旧鬼哭，天阴雨湿声啾啾。"而作者不由联想到，这些战场中无数的累累白骨，也是"有耶娘，有妻子，有田畴"。"可怜无定河边骨，犹是春闺梦里人。"多少个原本美好的家庭被战争毁灭了，揭示了战争剥夺人生命的残酷性。词作富有乐府民歌的风味，以近乎白描的手法，揭露了战争吞噬生命的黑暗与残酷，表现了作者对人民深切的同情。

金 缕 曲

观剧，时演《林冲夜奔》①

姑妄言之矣②。
又何论、衣冠优孟③，子虚亡是④。
雪夜窜身荆棘里，谁问头颅豹子⑤。
也曾望、封侯万里⑥。
不到伤心无泪洒，洒平皋⑦、那肯因妻子？
惹我发，冲冠起⑧。

飞扬跋扈何能尔⑨？
只年时、逢场心性⑩，几番不似。
多少缠绵儿女恨，廿年以前如此。
今有恨、英雄而已。
话到从头恩怨处，待相持、一恸缘伊死。
堪笑否，戏之尔！

注　释

① 《林冲夜奔》：本是《水浒传》中的故事，明代李开先改编为传奇《宝剑记》，成为昆曲中的传统武生戏。描写豹子头林冲受奸臣高俅迫害后，被逼上梁山的故事。

② 姑妄言之：信口胡说。《庄子·齐物论》："予尝为女妄言之，女以妄听之奚？"

③ 衣冠优孟：楚相孙叔敖死，优孟着孙叔敖衣冠，摹仿其神态动作，楚庄王及左右不能辨，以为孙叔敖复生。事见《史记·滑稽列传》。后因称登场演戏为"衣冠优孟"。

④ 子虚亡是：汉代司马相如《子虚赋》中虚构的两个人物——子虚和亡是公。

⑤ 头颅豹子：《水浒传》中林冲绰号豹子头。

⑥ 封侯万里：指因有边功而封侯。出自《后汉书·班超传》："生燕颔虎颈，飞而食肉，此万里侯相也。"

⑦ 平皋：水边的平地。

⑧ 冲冠：宋代岳飞《满江红》："怒发冲冠，凭栏处。"

⑨ 飞扬跋扈：指意气用事，超出常轨，不受束缚。唐代杜甫《赠李白》诗："痛饮狂歌空度日，飞扬跋扈为谁雄？"

⑩ 逢场心性：指遇到机会就逢场作戏。

题 解

这首词是作者在观看昆曲《林冲夜奔》后有感而作，表达了对逼迫林冲怒上梁山的社会环境的批判，对林冲不仅抱着同情理解的态度，更有一种惺惺相惜之感。

赏 析

黄景仁终生郁郁不得志，而且备受社会的欺凌与压迫，加上他生性孤傲冷僻，因此形成了一种与社会现实逆反的情绪。"姑妄言之矣。又何论、衣冠优孟"。戏曲虽然是姑妄言之的虚构，却更是社会现实的真实反映。"雪夜窜身荆棘里"描写林冲在怒杀陆虞候之后雪夜上梁山的豪情与悲愤。"也曾望、封侯万里。"林冲本为东京八十万禁军教头，也有一番建功立业的志向，若非高衙内与高俅的步步紧逼，也不会落得家破人亡被流放的悲惨命运。最终奋起反抗，火烧草料场，投奔梁山。将以往缠绵的"儿女恨"转化为如今悲壮的"英雄恨"。词作情绪沸腾，看似自悔自怨，却分明有一股不悔不怨、抵死执拗的真情在里头。作者借他人之酒杯，浇自己胸中之块垒，对"官逼民反"的见解是很深刻露骨的，对林冲的逆反行为更有一种"颇得己心"的知音之感。

张惠言

张惠言（1761—1802），原名一鸣，字皋文，江苏武进（今属江苏常州）人。乾隆五十一年（1786）举人，嘉庆四年（1799）进士，官至翰林院编修。早年研究经学，精通《周易》《仪礼》等。并擅长骈文、辞赋，与同乡恽敬共同推崇唐宋时期古文，主张融合骈文、古文的长处以自我抒发，开创了"阳湖文派"。著有《茗柯文编》四卷、《虞氏易》，词集有《茗柯词》，今存词四十八首。张惠言为著名词学家，是清代中后期影响最大的常州词派的开山祖师，与弟张琦共同编选《词选》，论词主张"言内而意外"，强调词作要讲求"比兴寄托"，关注社会现实，在序言中提出："缘情造端，兴于微言，以相感动。极命风谣里巷男女哀乐，以道贤人君子幽约怨悱不能自言之情，低徊要眇以喻其致。"被奉为常州词派之圭臬。其中张惠言意在提高词的地位，在清王朝转入危机的前夕，倡导弘扬比兴、变风传统，对浙派末流的为文造情、专工雕琢进行批判、纠偏，符合时代的需要，是一种历史的选择，因此常州词派笼罩词坛达百年之久。

水调歌头

春日赋示杨生子掞（其一）

东风无一事，妆出万重花。
闲来阅遍花影，惟有月钩斜。
我有江南铁笛①，要倚一枝香雪②，
吹彻玉城霞③。
清影渺难即，飞絮满天涯。

飘然去，吾与汝，泛云槎④。
东皇一笑相语⑤，芳意在谁家？
难道春花开落，又是春风来去，
便了却韶华？
花外春来路，芳草不曾遮。

注　释

① 铁笛：铁制的笛管，相传隐者、高士善吹此笛，笛音响亮非凡。如宋代朱熹《武夷精舍杂咏·铁笛亭序》："武夷山中之隐者刘君，善吹铁笛，有穿云裂石之声。"
② 香雪：指花朵。
③ 玉城：天上神仙居住的地方。
④ 云槎：云中的仙舟，暗用海客乘槎往来天河的典故。
⑤ 东皇：指司春之神。

题　解

《水调歌头·春日赋示杨生子掞》是一组词，共五首。为张惠言写给其学生杨子掞，以示劝学与启发。

赏　析

张惠言作为尊崇儒家思想的经学家，作词也主张要言之有物，有所比兴寄托。他反对传统的"词是小道"的观点，所作之词皆是微言大义，内涵丰富，追求一种中和雅正、温柔敦厚的审美境界。这一组《水调歌头》的主题都是关于春天的，这里第一首的主题是"寻春"。"东风无一事，妆出万重花。"写的是在东风的吹拂下百花齐放的景象。当作者"闲来阅遍花影"，却发现"惟有月钩斜"。月圆花好、华枝春满并不会一直存在的，这也给人间留下了永恒的遗憾。"我有江南铁笛，要倚一枝香雪"，更是奇特的想象，体现了作者想象着能创造一个理想春天的志向。此处所引用的典故"铁笛"，来自宋代朱熹《铁笛亭序》："武夷山中之隐者刘君，善吹铁笛，有穿云裂石之声。""清影渺难即，飞絮满天涯"则暗示着象征着理想的春天已经渐渐远去了。

下片转到"寻春"的过程，作者幻想着自己能和学生："飘然去，吾与汝，泛云槎。"去仙境寻找春天的踪迹，遇见了掌管春天的东皇太一，"东皇一笑相语，芳意在谁家？"而此时作者也借东皇之口，写出了对学生的谆谆教导，"难道春花开落，又是春风来去，便了却韶华？"韶华是不会随着外界的花开花落而轻易逝去的。"花外春来路，芳草不曾遮。"还有一条路，是无论如何都不会被芳草遮住的。那就是心中的道路，也即是自身对仁义道德的修养，而专注于自我内心的修炼，便能不以物喜，不以己悲。整首词循循善诱，娓娓道来，声调轻快流利，内容曲折深婉，言有尽而意无穷。

木兰花慢

杨花

尽飘零尽了，何人解，当花看。
正风避重帘，雨回深幕，云护轻幡①。
寻他一春伴侣，只断红、相识夕阳间。
未忍无声委地，将低重又飞还。

疏狂情性，算凄凉，耐得到春阑。
便月地和梅②，花天伴雪，合称清寒。
收将十分春恨，做一天、愁影绕云山。
看取青青池畔③，泪痕点点凝斑④。

注释

① 轻幡（fān）：即旗幡，护花幡。出自唐代郑还古《博异记》："崔元徽月夜遇数美人，其中有封家十八姨。一女曰：诸女伴皆住苑中，每被恶风所挠，常求十八姨相庇，处士每岁旦与作一朱幡，图日月五星，则免矣。崔许之，其日立幡，东风刮地，折木摧花，而苑中花不动，崔方悟众女皆花精，封家姨为风神。"
② 月地：唐代杜牧《七夕》诗："云阶月地一相过。"
③ 青青池畔：《古诗十九首》："青青河畔草，郁郁园中柳。"
④ 泪痕句：宋代苏轼《水龙吟》："细看来、不是杨花，点点是离人泪。"

题　解

这是一首咏物词，描写杨花虽然备受摧残、不被赏识，却始终未曾放弃与消沉。同时杨花也是作者自我情绪的投射。

赏　析

张惠言的《茗柯词》大多为咏物之作。这些咏物词往往有寄托，或是对身世坎坷的感叹，或是对国家局势的担忧，二者纠合在一起，难分彼此。杨花虽然名为花，但其实就是柳絮，大多数人也不把杨花当成花来看待，所以作者感慨道："尽飘零尽了，何人解，当花看。"而"风避重帘，雨回深幕"，不时又有风雨袭来，可谓是备受冷落与磨难，杨花却从不自怨自弃地消沉下去。"寻他一春伴侣，只断红、相识夕阳间"则写杨花的悲惨境遇，无人理解，无人陪伴。"未忍无声委地，将低重又飞还。""未忍"就是杨花意志的体现。"便月地和梅，花天伴雪，合称清寒"则烘托了杨花清高的形象，表明杨花不愿随波逐流。而最后仍然避免不了无尽的愁与恨，"看取青青池畔，泪痕点点凝斑。"虽然哀伤至极，却是怨而不怒，体现了张惠言作为一名经学家，所追求的"温柔敦厚"的人生境界。杨花漂泊无定的姿态既是"寒士"的写照，也是作者的自我形象刻画。杨花无人关注，备受冷落，尽管如此，她仍然对春天充满了眷恋之意。作者显然是将杨花自比的。词中的"春天"或许指王朝兴盛的希望，为作者精神依托所在。作品属于儒家诗骚传统在词中的发扬，体现出特有的忠厚缠绵的风格。

顾春

顾春（1799—1876），字梅仙、子春，号太清，晚号云槎外史。原姓西林觉罗氏，鄂尔泰曾孙女，幼年遭遇变故，被荣纯亲王永琪之子荣恪郡王绵亿府上顾姓包衣收养，改为顾姓，故又称西林春、太清春。满洲镶蓝旗人。后嫁给乾隆玄孙、绵亿之子奕绘贝勒为侧福晋。夫妇二人皆精于诗词歌赋，文采风流，琴瑟和鸣。世人比之为赵孟頫、管道升夫妇。道光十八年（1838），奕绘去世，顾春被王府逐出家门，带着子女移居城外，抚养儿子至成人，晚年虽双目失明，生活却也渐渐好转了。顾春工诗词书画，尤精于词，词多咏物、题画，感情真挚，造语清新，取得了很高的艺术成就，被誉为"清代第一女词人"，与纳兰容若齐名。晚清四大家之一的王鹏运在论及满族词人时曾说："男中成容若，女中太清春。"俞陛云在《清代闺秀诗话》中称赞道："非特八旗之冠，亦清代之名家。"顾春诗集有《天游阁集》五卷，词集有《东海渔歌》四卷。

江城梅花引

雨中接云姜信①

故人千里寄书来。
快些开,慢些开,不知书中安否费疑猜。
别后炎凉时序改,江南北,动离愁,自徘徊。

徘徊,徘徊,渺予怀。
天一涯,水一涯。
梦也梦也,梦不见、当日裙钗②。
谁念西风翘首寸心灰。
明岁君归重见我,应不似,别离时,旧形骸。

注 释

① 云姜:即许云姜,是阮元子阮福之妻,与妹妹许云林都是顾春的挚友。
② 裙钗:女性的代称,指许云姜。

题 解

顾春之友许云姜因染病回家疗养,写信给顾春,顾春因以此首《江城梅花引》回赠。

赏 析

"故人千里寄书来。快些开,慢些开",开篇即扣住寄友的主题,友人千里迢迢寄来书信,作者的心思却颇为忐忑,是快些打开呢,还是慢些打开呢?因为急切想得知友人的消息,所以想快些打开;而又知友人正在病中,不知她现况如何,害怕看到不好的消息,又不敢马上打开。"别后炎凉时序改",离别时是夏天,现在已经是秋天,"江南北,动离愁,自徘徊。"作者与友人,一个在江北,一个在江南,"徘徊,徘徊,渺予怀。"这里用了两个"徘徊"的叠句,承接着上片最后一句的"徘徊"却没有呆板的重复之感,更令人感到作者因思念友人而不停地徘徊长叹的情深义重。"渺予怀"化用自苏轼《赤壁赋》里的"渺渺兮予怀,望美人兮天一方"。"梦也梦也,梦不见、当日裙钗。""裙钗"代指友人,这里又一次使用叠句与对句,形成了反复咏叹的艺术效果,更突出了思念之深切。最后作者设想道:"明岁君归重见我,应不似,别离时,旧形骸。"明年若是能够相聚,应该两个人的容貌都会发生了变化,因为一个人经历了病痛的折磨,一个人又在生活中挣扎,不免都会憔悴了一些。整首词以通俗的语言、白描的技法,循环往复、曲折深婉的辞藻,形象生动地描绘了两个女子之间的深厚友情,读来感人至深。

江 城 子

记梦

烟笼寒水月笼沙。

泛灵槎①，访仙家。

一路清溪双桨破烟划。

才过小桥风景变，明月下，见梅花。

梅花万树影交加。

山之涯，水之涯。

澹宕湖天韶秀总堪夸②。

我欲遍游香雪海③，惊梦醒，怨啼鸦。

注 释

① 灵槎：乘往天河的船只。出自晋代张华《博物志》："近世有人居海渚者，年年八月有浮槎去来，不失期，人有奇志，立飞阁于槎上，多赍（jī）粮，乘槎而去。"
② 澹宕：形容荡漾、流动的样子。
③ 香雪：指梅花。

题 解

这是一首记梦词，作者身处北方，只有在梦中才能重新回到故乡江南的山水境界中。

赏 析

首句直接引用唐代诗人杜牧《泊秦淮》："烟笼寒水月笼沙。"营造出烟雨迷蒙的飘渺景致。然后作者的笔锋宛如乘上了轻快的仙槎飞流而下，"清溪""小桥""明月""梅花"，次第呈现于梦境中，使得她的心情也是十分畅快明朗。万树梅花含影，此境何其壮观又绮丽，"山之涯，水之涯"的咏叹富有民歌风味，也写出了作者为了追求心中的理想世界所付出的重重艰辛。而正当"我欲遍游香雪海"之时，却突然"惊梦醒，怨啼鸦"。一场美梦戛然而止，作者心中也满含着遗憾，只能去埋怨啼叫的乌鸦，其意境与唐代诗人金昌绪《春怨》相近，诗云："打起黄莺儿，莫教枝上啼。啼时惊妾梦，不得到辽西。"词作风格清新隽逸，给人留下了涵咏不尽的韵味。

金缕曲

题《花帘词》寄吴蘋香女士①，用本集中韵。

何幸闻名早。
爱春蚕、缠绵作茧，丝丝萦绕。
织就七襄天孙锦②，彩线金针都扫。
隔千里、系人怀抱。
欲见无由缘分浅，况卿乎、与我年将老。
莫辜负，好才调。

落花流水难猜料。
正无妨、冰弦写怨，云笺起草③。
有美人兮倚修竹，何日轻舟来到。
叹空谷、知音偏少。
只有莺花堪适兴，对湖光山色舒长啸。
愿寄我，近来稿。

注　释

① 吴蘋香：吴藻，字蘋香。浙江仁和（今浙江杭州）人。晚年移住南湖，皈依佛门。著有《花帘词》与《香南雪北词》，合称为《香雪庐词》，是嘉庆、道光时期最有影响力的女词人。作杂剧《乔影》风行大江南北。
② 七襄：因织女星白昼移位七次，故称之为七襄。也用来指精美的织锦。出自《诗经·大东》："跂彼织女，终日七襄。虽则七襄，不成报章。"郑玄笺："襄，驾也。驾，谓更其肆也。从旦至莫七辰一移，因谓之七襄。"
③ 云笺：有云状花纹的纸。

题 解

这首词是顾春为吴藻的词集写的题词，也记录了两位女词人之间的一段深厚友情。

赏 析

顾春历经嘉庆、道光、咸丰、同治四朝，光绪年间方去世，与当时不少女词人都有交往，吴藻就是与她神交的同道之一。吴藻是当时影响最大的汉族女词人，而顾春也堪称是满族女词人之首。这首《金缕曲》记录了满族与汉族两位女词人真挚的友谊。"何幸闻名早。"开篇即表明了作者对吴藻的敬仰之情。"爱春蚕、缠绵作茧，丝丝萦绕。"此处将吴藻作词比喻为春蚕抽茧，可见其一片苦心。"织就七襄天孙锦，彩线金针都扫"将吴藻的词作比喻为织女织出来的锦绣华章。

下片"落花流水难猜料。正无妨、冰弦写怨，云笺起草"，写二人都有着共同凄凉的身世。吴藻因丈夫早亡，晚年皈依佛门，而顾春在丈夫死后被赶出家门。"有美人兮倚修竹，何日轻舟来到。"化用杜甫《佳人》诗"天寒翠袖薄，日暮倚修竹"，以比喻吴藻的高洁品质。同时与上片的"欲见无由缘分浅，况卿乎、与我年将老"相照应，进一步抒发知音不得相见的遗憾之情，故而引出下句"叹空谷、知音偏少"。"只有莺花堪适兴，对湖光山色舒长啸"表达了作者对江南秀丽山水的喜爱之情。吴藻所居住的杭州，一直是顾春最为向往的地方，而作为宗室女眷，顾春的行动处处受到限制，是不能自由地去江南游历一番的，所以也只能殷殷寄期盼于"愿寄我，近来稿"，希望吴藻能将近来所作的诗稿寄给她。结语余音渺渺，情真意切，自然真淳。

龚自珍

龚自珍（1792—1841），字尔玉，一字璱人，号定庵，晚年号羽琌山民，浙江仁和（今浙江杭州）人。龚自珍出生于三代世宦的读书之家，幼承家学，得到外祖父段玉裁的悉心指导，治《说文解字》。嘉庆二十三年（1818）中举，明年会试不第，留京从刘逢禄治《公羊春秋》。道光九年（1829）中进士。先后任职内阁中书、礼部主事等官。他虽然出身官宦世家，也是道光年间进士，但在仕途上并不顺利，四十八岁时辞官南归，次年竟然暴死于丹阳书院讲席，终年不过五十岁。

龚自珍虽然终身沉居下僚，却有着爱国图强的志向与经世致用的抱负，曾大力支持林则徐禁除鸦片，改革弊政，成为近代民主主义运动的先驱。龚自珍精研经学、小学、史学、文学、佛学，是晚清今文学派的主要人物，更是杰出的诗人、文学家、启蒙思想家，对近代文学的发展产生了重大的影响。他一生著述颇丰，现存诗词八百余首，散文三百余篇，有《定庵全集》，其中自定的词集凡五种，为《无著词选》《怀人馆词选》《影事词选》《小奢摩词选》《庚子雅词》各一卷。今人辑为《龚自珍全集》。于文学观念上主张尊史、尊情，远承明代李贽的"童心"说、清代公安派及袁枚的"性灵"说，又熔铸了他诵史鉴、考掌故，慷慨论天下的孤怀宏识，具有鲜明的时代特征。

龚自珍自称"抱不世之奇材与不世之奇情",词作意蕴深邃,语言瑰丽,呈现出一种"幽想杂雄奇"的浪漫主义色彩,对晚清"诗界革命"与南社诗人,都有很大影响。"自清末以来,为人挦扯殆尽"(钱锺书《谈艺录》三十九)。康有为、梁启超、谭嗣同、黄遵宪都不同程度濡染了龚自珍诗精神意蕴语言的气息。民国前后,南社诗人更是集龚、学龚成为一时之风气。

湘　月

壬申夏①，泛舟西湖，述怀有赋，时予别杭州盖十年矣。

天风吹我，堕湖山一角，果然清丽。
曾是东华生小客②，回首苍茫无际。
屠狗功名③，雕龙文卷④，岂是平生意。
乡亲苏小⑤，定应笑我非计。

才见一抹斜阳，半堤香草，顿惹清愁起。
罗袜音尘何处觅⑥，渺渺予怀孤寄。
怨去吹箫，狂来说剑，两样销魂味。
两般春梦，橹声荡入云水。

注　释

① 壬申：嘉庆十七年（1812），此时龚自珍二十一岁。
② 东华：北京东华门一带。生小：即幼时。作者于嘉庆二年（1797）随母亲段夫人来到北京，四年后才回到杭州。
③ 屠狗：用樊哙典故，《史记·樊郦滕灌列传》："舞阳侯樊哙者，沛人也，以屠狗为事。"亦指出身低微的豪杰之士。
④ 雕龙：指善于修饰文辞或刻意雕琢文字。语出《史记·孟子荀卿列传》，裴骃集解引刘向《别录》云："驺奭修衍之文，饰若雕镂龙文，故曰'雕龙'。"南朝江淹《别赋》："赋有凌云之称，辩有雕龙之声。"
⑤ 苏小：即南齐名妓苏小小。唐代韩翃《送王少府归杭州》："钱塘苏小是乡亲。"
⑥ 罗袜音尘：三国曹植《洛神赋》："凌波微步，罗袜生尘。"

题 解

龚自珍的父亲出任徽州知府,他随父亲回杭州探视。此词就是在家乡游西湖所作,鲜明地体现了其"箫心剑胆"的人生追求与艺术风格。

赏 析

龚自珍善于创造意象,用意象化的手法隐喻、象征他对社会、历史、人生的独特感觉。这首词开篇气势不凡,"天风吹我,堕湖山一角,果然清丽。""果然"二字写出了作者对自身才华的期许与自信。而回首十年"东华"生活,只觉得"苍茫无际",仿佛是虚掷了岁月。"屠狗功名,雕龙文卷",用《史记》中樊哙、驺奭的典故,否定了传统文人一直以来对"立德、立功、立言"的追求。"乡亲苏小,定应笑我非计。"想象着千年前的名妓苏小小也会嘲笑他这种处世态度,孤寂而故作洒脱之语。

"才见一抹斜阳,半堤香草,顿惹清愁起。"写作者途经苏小小墓前的愁绪。唐代诗人李贺《苏小小墓》写道:"无物结同心,烟花不堪剪。"而如今,也只有苏小小可以当作者的知音人。"罗袜音尘何处觅",写苏小小的踪迹已经无处可寻了,"渺渺予怀孤寄"化用苏东坡《赤壁赋》:"渺渺兮予怀,望美人兮天一方。"而作者的思绪无处消遣,只能"怨去吹箫,狂来说剑,两样销魂味"。一剑一箫就成了龚自珍表达诗心的灵魂。"箫心剑胆"是毕生的追求,如他的《漫感》也说:"一箫一剑平生意,负尽狂名十五年。"又有"来何汹涌须挥剑,去尚缠绵可付箫"(《又忏心一首》);"沉思十五年中事,才也纵横,泪也纵横,双负箫心与剑名"(《丑奴儿》)。但最终也不过是"两般春梦",现实中他屡屡受挫,不得施展抱负,只能孤独地听着"橹声荡入云水"。

整首词写景抒怀兼备,抑扬顿挫,优美壮美兼备,雄奇与哀怨融为一体,堪称是龚自珍的代表作,历来为人们所称许,如谭献在《箧中词》所评价道:"绵丽飞扬,意欲合周辛而一之,奇作也。"但是其中的飞扬与绵丽,却足以超越了周邦彦与辛弃疾。

林则徐

林则徐（1785—1850），字元抚，一字少穆，晚号竢村老人，福建侯官（今福州市）人。嘉庆十六年（1811）进士，历任翰林院编修，江西、云南正副主考，后调任地方官，积极进行漕运、河道、水利、盐务、科举等多方面弊政革除，得到朝廷的肯定。道光十七年（1837）出任湖广总督，率先在湖北严厉禁烟。道光十九年（1839）受钦差大臣之命，赴广东禁烟，主持了近代史上著名的虎门销烟。道光二十年（1840），鸦片战争爆发后，林则徐动员和依靠民众的力量，使英军在广东、福建沿海的侵略阴谋不能得逞，便北上转攻定海。定海失陷后，朝廷里的投降派主张议和，以致林则徐被革职，后遣戍新疆伊犁。林则徐在发配途中写下传诵千古的名句"苟利国家生死以，岂因祸福避趋之"（《赴戍登程口占示家人》）。道光二十五年（1845），林则徐被起用为陕西巡抚，后任云贵总督。道光三十年（1850），被任命为钦差大臣，赴广西平定太平天国起义，在途中病故。

林则徐曾主持修纂《四洲志》，开创了近代研究西方的风气。林则徐擅长诗文，所作大都与国计民生有关。又工于词，词风慷慨激昂，多用来抒发爱国情怀。与邓廷桢合称为清词史上"大臣词"的双璧。著有《林文忠公政书》《云左山房诗钞》《云左山房文钞》《云左山房词钞》《林则徐文集》等。

高 阳 台

和嶰筠前辈韵①

玉粟收余②,金丝种后③,蕃航别有蛮烟④。
双管横陈⑤,何人对拥无眠?
不知呼吸成滋味。
爱挑灯、夜永如年。
最堪怜。
是一丸泥。
捐万缗钱⑥。

春雷歘破零丁穴⑦。
笑蜃楼气尽⑧,无复灰然⑨。
沙角台高⑩。
乱帆收向天边。
浮槎漫许陪霓节⑪。
看澄波、似镜长圆。
更应传。
绝岛重洋,取次回舷⑫。

注　释

① 嶰筠：邓廷桢（1776—1846），字维周，又字嶰筠，晚号妙吉祥室老人、刚木老人。汉族，江苏江宁（今江苏南京）人。嘉庆六年（1801）进士，授翰林院编修，工书法、擅诗文，官至云贵、闽浙、两江总督。鸦片战争时，与林则徐协力查禁鸦片，与英军六次交战，击退英舰挑衅，使英军不得进入虎门。后调闽浙总督，继续抗击英军。不久后被遣戍伊犁。释还，迁至陕西巡抚，卒于任上。邓廷桢精于《诗经》学，著有《石砚斋诗钞》《诗双声叠韵谱》。尤工于词，有《双砚斋词》一卷，《词话》若干。至今江苏南京有"邓廷桢墓"可供瞻仰凭吊。林则徐晚于邓廷桢进入翰林院，故称邓为前辈。

② 玉粟：即罂粟，一名苍玉粟，制作鸦片的原料。

③ 金丝：根据作者自注，"吕宋烟草曰金丝醺"。吕宋位于菲律宾群岛，以生产烟草著称。

④ 蕃舶：指英国船只。蛮烟：英国商人贩卖的鸦片烟。

⑤ 双管：抽鸦片枪，抽鸦片时两人在一榻上相对而抽，故称双管。

⑥ 万缗：万贯钱，清末鸦片烟出售达千元一箱。

⑦ 欻：忽然。零丁：即零丁洋，在广东珠江口外有零丁岛，英国战舰停泊于此。

⑧ 蜃楼：《史记·天官书》记载："海旁蜃气象楼台。"古人认为海上出现的海市幻景是蜃气所化。这里指英国侵略者。

⑨ 灰然：化用自"死灰复燃"典故，出自《史记·韩长孺传》："安国坐法抵罪，蒙狱吏田甲辱安国。安国曰：'死灰独不复然乎？'"此处指经过禁烟斗争，鸦片已经被燃烧殆尽，不会再出现死灰复燃的情况。

⑩ 沙角：即沙角炮台，在广东虎门海口东侧沙角山，与大角炮台东西对峙，是虎门海防的第一门户。

⑪ 浮槎：此时林则徐作为钦差大臣在广东禁烟，故以浮槎比喻使臣。典故出自晋代张华《博物志》："旧说云：天河与海通，近世有人居海渚者，年年八月，有浮槎去来，不失期。"霓节：使节，符节。唐代吴融《即席》："银河正清浅，霓节过来无？"指总督持天子之符节镇守一方，此处指邓廷桢。

⑫ 取次：次第。回舷：返航。

题　解

嘉道年间，鸦片大量输入，白银外流，直接导致银贵钱贱，物价高涨，民生艰窘。东南各省港口肆意私贩鸦片，禁烟的条文不过是一纸空文。

赏　析

清朝建立之初，曾明令严禁鸦片，清初诗人方文有诗记录道："金丝烟是草中妖，天下何人喙不焦？闻说内廷新有禁，微醺不敢厕宫僚？"然而谁曾想到，这个王朝最后恰恰是受到鸦片的侵蚀和腐朽，这似乎是一种历史的反讽与嘲笑。林则徐这首《高阳台》即是对晚清鸦片横行现状的反映。"玉粟收余，金丝种后，蕃舶别有蛮烟。""双管横陈，何人对拥无眠？不知呼吸成滋味。爱挑灯、夜永如年。"东南城乡到处都是烟馆，地方官员的幕僚多数人是烟馆常客。上片写鸦片的祸害之重。下片写禁烟的决心与快意，心情爽朗，应是作于禁烟斗争初胜时。整首词音节高朗，气韵雄浑，表现出作者磊落的情怀。"其胸次洒落，性量和平，诚不可及也。"（夏敬观《学山诗话》）

附邓廷桢原作《高阳台》：

鸦渡冥冥，花飞片片，春城何处轻烟？膏腻铜盘，枉猜绣榻闲眠。九微夜爇星星火。误瑶窗、多少华年！更那堪、一道银潢，长贷天钱。

星槎恰到牵牛渚，叹十三楼上，暝色凄然。望断红墙，青鸾消息谁边？珊瑚网结千丝密，乍收来、万斛珠圆。指沧波、细雨归帆，明月归舷。

蒋春霖

蒋春霖（1818—1868），字鹿潭，江苏江阴人，天资聪颖，四岁就能作诗，幼时随父亲赴荆门州任所，赋诗黄鹤楼，被时人赞誉为"乳虎"。父亲去世后，家道中落，科场又屡屡失意，仕途坎坷。咸丰二年（1852）任两淮盐官，后又任富安场大使。咸丰七年（1857）因母丧离职，挈家居东台县。可谓是终身困顿潦倒。晚年靠亲友救济生活，加以情场失意，同治七年（1868），蒋春霖在归舟停泊垂虹桥的夜晚，悲书冤词，服毒药自尽。

蒋春霖早年工诗，至中年焚毁其大部分诗稿，开始专心作词。当时常州词派风行，蒋春霖却能于常州词派、浙派之外卓然自立。蒋春霖生经乱世，其性格刚直，言切时弊，多抒写道光、咸丰年间的战事，兼有伤离悼乱、感叹身世之语，被当时人称为"倚声家杜老"与"词史"，"生平抑塞激宕之意，一托之于词，运以深沉之思，清折之语"（宗源瀚《水云楼词续叙》）。谭献在《箧中词》中认为蒋春霖与纳兰容若、项鸿祚鼎足而三，是真正的"词人之词"。著有《水云楼词》二卷，补遗一卷，另有《水云楼烬余稿》等，今人辑为《水云楼诗词校辑》。

木兰花慢

江行晚过北固山

泊秦淮雨霁①,又灯火、送归船。
正树拥云昏,星垂野阔,暝色浮天。
芦边。
夜潮骤起,晕波心月影荡江圆。
梦醒谁入楚些②?
冷冷霜激哀弦。

婵娟。
不语对愁眠。
往事恨难捐。
看莽莽南徐③,苍苍北固④,如此山川!
钩连更无铁锁⑤,任排空樯舻自回旋⑥。
寂寞鱼龙睡稳⑦,伤心付与秋烟。

注 释

① 雨霁：雨过天晴。

② 楚些（suò）：即楚辞。楚辞句尾多用"些"，故以楚些代指楚辞。

③ 南徐：古代州名。东晋置徐州于京口城，南朝宋改称南徐，即今江苏镇江。

④ 北固：即北固山，位于江苏镇江附近，三面临长江，地势险要，有"京口第一山"之称。南朝刘义庆《世说新语》："荀中郎在京口，登北固望海，云：'虽未睹三山，便自使人有陵云意。若秦、汉之君，必当褰裳濡足。'"南宋建炎四年，韩世忠曾在北固山伏击金兀术。

⑤ 钩连句：用晋代王濬伐吴典故，出自《晋书·王濬传》："吴人于江险碛要害之处，并以铁锁横截之，又作铁锥长丈余，暗置江中，以逆距船。先是，羊祜获吴间谍，具知情状。濬乃作大筏数十，亦方百余步，缚草为人，被甲持杖，令善水者以筏先行，筏遇铁锥，锥辄着筏去。又作火炬，长十余丈，大数十围，灌以麻油，在船前，遇锁，然炬烧之，须臾，融液断绝，于是船无所碍。"

⑥ 樯舻：古时的战船。宋代苏轼《念奴娇·赤壁怀古》："樯橹灰飞烟灭。"

⑦ 寂寞句：化用自唐代杜甫《秋兴》："鱼龙寂寞秋江冷，故国平居有所思。"

题　解

这首词作于道光二十七年（1847）秋，词人在傍晚时经过北固山，想起当年鸦片战争时，英军攻陷镇江，八十余艘军舰长驱直入，迫使清政府签订了中英《南京条约》，割让香港岛给英国。如今词人再度经过被英国侵略者攻陷的秦淮、南徐、北固等地，不由感慨时事而作此堪为悲壮词史的词作。

赏　析

起句直写旅途情状，"正树拥"以下分层次描写山川、平野、江间景色，以"浮"字写出夜色融于水面。"月影荡江圆"以月衬波，"圆"字尤为警绝。可见其炼字炼意之精妙。梦醒句宕开一层，为下片议论、抒情做铺垫。过片由景及情，词人与月亮两相无言，实是有恨而无处可说。"往事"以下回顾战事，层层推进，惊心动魄。"莽莽""苍苍"写江山如旧，烘托沧桑之感。"钩连更无铁锁"是全词结穴处，令人起北固难固、国运已非之叹。结拍寓意更为深刻，长江重镇失守，而当政者依然沉醉不醒，浑然不觉即将到来的危机，抒发对不顾国家命运者的无限悲愤与忧时伤世之心。上片以浓墨重笔描写北固山前行船所见所感，下片触景生情，兼回忆往事，指斥清廷无能，国家已无江防可言。

这首词作是鹿潭词中代表作，它将时代背景与个人感慨结合起来，通篇以赋体写长调，淋漓大笔，厚重深沉，多化用杜甫诗句，体现了沉郁顿挫的风格。谭献《箧中词》："子山、子美，把臂入林。"亦是着眼于此词与庾信、杜甫一样含有深沉的家国之思。陈廷焯《白雨斋词话》："此皆精警雄秀，造句之妙，不减乐笑翁。"

满 庭 芳

秋水时至,海陵诸村落辄成湖荡①。小舟来去,竟日在芦花中。余居此既久,亦忘岑寂。乡人偶至,话及兵革,咏"我亦有家归未得"之句②,不觉怅然。

黄叶人家,芦花天气,到门秋水成湖。
携尊船过③,帆小入菇蒲④。
谁识天涯倦客,野桥外、寒雀惊呼。
还惆怅、霜前瘦影,人似柳萧疏。

愁余。
空自把、乡心寄雁,泛宅依凫⑤。
任相逢一笑,不是吾庐⑥。
漫托鱼波万顷,便秋风、难问莼鲈⑦。
空江上,沈沈戍鼓,落日大旗孤⑧。

注 释

① 海陵：位于今江苏泰州。泰州地势低洼，水网密布，容易积水，出入村落都需用船。蒋春霖《杂咏》："海陵地卑湿，无山水色浑。"湖荡：浅水湖，多长有芦苇和水草。

② 我亦有家归未得：借用明代陶宗仪"我亦有家归未得，浙江东去路微茫"句。咸丰十年（1860）三月十五日，太平天国攻陷清军的江南大营，解除了天京之围。四月，又攻克常州、苏州，蒋春霖故乡江阴县为太平军所据，故此处感叹"我亦有家归未得"。

③ 携尊：端起酒杯。

④ 菰蒲：菰和蒲，都是湖上的水生植物。

⑤ 泛宅依凫：即以船为家。《新唐书·张志和传》："颜真卿为湖州刺史，志和来谒，真卿以舟敝漏，请更之，志和曰：'愿为浮家泛宅，往来苕、霅间。'"

⑥ 不是吾庐：晋代陶渊明《读山海经》："众鸟欣有托，吾亦爱吾庐。"

⑦ 莼鲈：用南朝刘义庆《世说新语》张翰故事："张季鹰辟齐王东曹掾，在洛见秋风起，因思吴中菰菜羹、鲈鱼脍，曰：'人生贵得适意尔，何能羁宦数千里以要名爵！'遂命驾便归。"后作为表达思乡之情的典故。

⑧ 落日句：唐代杜甫《后出塞》五首之二："落日照大旗，马鸣风萧萧。"

题　解

这首词作于咸丰十年（1860）秋，这一年蒋春霖四十三岁，移住到泰州水云楼内。

赏　析

咸丰三年（1853），洪秀全、杨秀清率太平军克九江，下安庆，攻入南京。清军分别建立江南大营与江北大营与其对峙。读鹿潭词，则不可不知太平天国战乱这段历史。咸丰十年（1860）三月，太平天国忠王李秀成破江南大营，天京之围解。四月，李秀成攻入苏州。江阴亦陷落，故词人有"我亦有家归未得"之叹。蒋春霖早在四年前便失掉了东台富安场盐大使的官职，寓居于东台水云楼，生活困顿不堪。这首《满庭芳》就写于此时。

《满庭芳》词调从容和婉，本宜于表现柔情，如秦观《满庭芳》："伤情处，高城望断，灯火已黄昏。"周邦彦《满庭芳》："风老莺雏，雨肥梅子，午阴嘉树清圆。"但鹿潭却翻出疏狂苍凉的风味。也是因他极善于学玉田词的缘故。"黄叶人家，芦花天气，到门秋水成湖。"开篇仅以"黄叶""芦花"微作点染，而秋之意味便浓。秋水成湖，暗用《庄子·秋水》中的"秋水时至，百川灌河"。"谁识天涯倦客"则略用清真"谁识京华倦客"之意。陶渊明说："众鸟欣有托，吾亦爱吾庐。"而今词人孑然一身，飘荡湖海，以舟为室，也只能自嘲自叹一声"任相逢一笑，不是吾庐"。秋风虽起，莫问莼鲈，所经过处只有空江上的沉沉戍鼓，与落日下的猎猎战旗。全篇皆是淡语，似不经意，而情深温婉，从容不迫。末句笔力陡然振起，可称一语千钧。

现代著名文人郁达夫很喜欢鹿潭词，他曾在日记里写道："在大雨之下，在昏暗的道上，我一个人走回家来。到家的时候，已经是十点多了，灯下对镜，一种落魄的样子，自家看了，也有点怜惜。就取出《水云楼词》来读了几阕。"他抄写的正是这首"黄叶人家，芦花天气"。鹿潭遭逢丧乱，流离江北。郁达夫也是独身远遁异乡，难免有此相惜相知之感。

水 龙 吟

癸丑除夕①

一年似梦光阴,匆匆战鼓声中过。
旧愁才剪,新愁又起,伤心还我。
冻雨连山,江烽照晚,归思无那②。
任春盘堆玉③,邀人腊酒④,
浑不耐、通宵坐。

还记敲冰官舸⑤。
闹蛾儿、扬州灯火⑥。
旧嬉游处,而今何在,城闉空锁⑦。
小市春声,深门笑语,不听犹可。
怕天涯忆着,梅花有泪,向东风堕。

注 释

① 癸丑：即咸丰三年（1853）。这一年战火不断，二月太平军定都南京，并发动了北伐、西征，十一月太平军与清军激战于扬州，扬州城损毁惨重。除夕：古代传统节日，象征着月穷岁尽之日，《礼记·月令》记载："是月也，日穷于次，月穷于纪，星回于天，数将几终，岁且更始，是为岁之终也。"

② 无那：无奈，无可奈何。唐代王昌龄《从军行》七首之一："更吹羌笛关山月，无那金闺万里愁。"

③ 春盘：据晋代周处《风土记》记载："元日造五辛盘，五辛所以发五脏气，即蒜、葱、韭菜、芸薹、胡荽是也。"古代习俗农历正月初一，用葱、韭等五种味道辛辣的菜蔬放在盘中供食用，取其辞旧迎新之意。

④ 腊酒：古代民间风俗，腊月之后饮椒柏酒。

⑤ 敲冰：比喻乐调的清润好听。宋代杨无咎《垂丝钓·邓端友席上赠吕倩倩》："看两眉碧聚。为谁诉，听敲冰戛玉。"官舸：指男宾乘坐的画舫。

⑥ 闹蛾儿：古时女子头上的虫状饰物。宋代辛弃疾《青玉案·元夕》："蛾儿雪柳黄金缕，笑语盈盈暗香去。"

⑦ 城闉：城门外的曲城，亦泛指城郭。

题 解

此为咸丰三年（1853）除夕之作。词人身居异乡，其时战乱频仍，一人系于乱世之间，远离乡土之根，更觉身似浮萍落叶。这首词也是对一年来战乱漂泊生涯的总结。

赏 析

开篇即点明题旨，"一年似梦光阴，匆匆战鼓声中过。""战鼓声"营造出了特定的时代氛围，战火频仍，民不聊生。作者面对春盘腊酒，却无一丝送岁之欢愉，反而是"旧愁才剪，新愁又起，伤心还我"。古来写愁佳句甚多，如李煜"问君能有几多愁，恰似一江春水向东流"。而作者此处却以"剪"来比喻愁绪，不落俗套，可谓十分生动。"冻雨连山，江烽照晚，归思无那。"布下了烽火连天的远景，然后写作者目前的所见所感，"浑不耐、通宵坐。"守岁是除夕夜的传统，而作者此时却因牵挂家乡，无心通宵守岁。

"还记敲冰官舸。闹蛾儿、扬州灯火。"下阕转到了对往事的怀念，"旧嬉游处，而今何在，城闉空锁。"当日和伴侣一起游览的景色，如今怕是也因为战火连绵而衰败不堪了吧。"小市春声，深门笑语，不听犹可。"正陷于追忆中的作者忽然听到窗外传来的笑语声，更烘托了愁绪之深。句意化用自宋代李清照的《永遇乐》："不如向帘儿底下，听人笑语。"此处作者也从回忆中又转回现实中来，"怕天涯忆着，梅花有泪，向东风堕。"末句是点睛之笔，照应上片的"新愁"，此"新愁"为何？是旧游不可寻，只能闭门深锁，旧乡不可归，只能天涯忆着。作者心中的"伤心"可悬揣而知。而造成这一切的原因，即是开头所说的一年来的"匆匆战鼓"，如此首尾照应，全方位地铺陈出词人的愁坐情怀。而词人的这种愁坐，因为一年来"匆匆战鼓"的存在，遂成为一个时代的意象。

蒋春霖的《水云楼词》中有许多诸如此类描写思乡、别离的佳作，都写得情景交融，感人至深。而景是凄凉之景，情是凄楚之情。身世萧瑟，动多感喟，蒋春霖确是一个飘零时代中的飘零词客。

周济

周济（1781—1839），字保绪，号止庵，别号介存居士，江苏荆溪（今江苏宜兴）人。少年时，与同郡李兆洛、张琦以经世致用之学问相激励，好读史书，尤其是兵法谋略，精于骑射武术。嘉庆十年（1805）进士，官至淮安府学教授。因与知府不合，辞官归乡，客游扬州、京口等地。道光八年（1828），寓居金陵春水园，潜心著述立说，从董士锡学词。周济中年之后，方才转向词学研究，成为继张惠言之后又一位常州派的理论家。他在张惠言"意内言外"说基础上，进一步提出："夫词，非寄托不入，专寄托不出。"周济认为初填词的人应追求创作中有寄托，有寓意，使词作拥有深层内蕴，做到"意内言外""表里相宣"。周济在著名词论著作《宋四家词选》提出："问途碧山（王沂孙），历梦窗（吴文英）、稼轩（辛弃疾），以还清真（周邦彦）之浑化。"这一主张将豪放派大家辛弃疾明确列为四大宗法对象之一，同时又将南北宋予以打通，树立了一种理想的标范。周济著有《味隽斋词》《存审轩词》，还有《晋略》八十卷，及《说文字系》《味隽斋集》等。

蝶 恋 花

络纬啼秋啼不已①。
一种秋声，万种秋心里。
残月似嫌人未起，斜光直透罗帏底②。

唤起闲庭看露洗，满翠疏红，毕竟能余几？
记得春光真似绮，谁将片片随流水。

注 释

① 络纬：虫名。即莎鸡，俗称络丝娘、纺织娘。夏秋夜间振羽作声，声如纺线，故名。唐代李白《长相思》诗："络纬秋啼金井阑，微霜凄凄簟色寒。"
② 罗帏：丝制的帘子或帷幔，汉代刘向《说苑·善说》："居则广厦邃房，下罗帏，来清风。"

题 解

词作写悲秋情怀，同时惋惜时光的流逝，兼有怀人之意，读者皆可自作心解。

赏 析

上片着重从听觉的角度写情感，"络纬啼秋啼不已。"秋虫哀婉的啼叫声营造了浓郁的悲秋氛围。"一种秋声，万种秋心里。"秋声虽有一种，化入愁人心中却有千万种滋味，眉间心上，都无从回避，以此种比喻写出愁心之深远。"残月似嫌人未起，斜光直透罗帏底。"一弯残月似乎在埋怨熟睡中的人没有情致，不知道起身来欣赏这一幅月夜秋声图，故将轻柔的月光洒入衾帐内。

下片着重写视觉，"唤起闲庭看露洗"，承接着上片，屋内的人似乎感知到了月亮的召唤，起身来到庭院内。东坡也曾在月夜欣赏到"庭下如积水空明，盖松柏影也"的景象，因而感慨道："何夜无月，何处无竹柏，但少闲人如吾两人尔。"但是当作者徘徊在庭院内，他只看到了"满翠疏红"，一派萧索的景象，故感叹道"毕竟能余几？""能余几"隐含着对现实的担忧，就算是残花败柳，也是不能久存的了。末句是一声深沉的感慨，"记得春光真似绮，谁将片片随流水。"依然记得往日春光明媚的景象，怎料如今却片片飘零，漫同流水，怎能不令人感伤？在今昔对比间，突出了时间的飞逝。

周济论词推崇"寄托"，如他在《介存斋论词杂著》所说："初学词求空，空则灵气往来。既成格调求实，实则精力弥漫。初学词求有寄托，有寄托则表里相宜，斐然成章，既成格调；求无寄托，无寄托则指事类情，仁者见仁，智者见智。"这首词的寄托也在若有若无之间，似乎有对国家民事的关心，又似乎是爱情失意的喟叹，或是对人生如梦的慨叹，可谓是精力弥漫，返虚入浑。

谭献

谭献（1832—1901），初名廷献，字仲修，号复堂，浙江仁和（今浙江杭州）人。同治六年（1867）举人。屡赴进士试不第。历任安徽歙县、全椒、合肥、含山等地知县。晚年受湖广总督张之洞邀请，主讲湖北经心书院。谭献治学是章学诚一路，倾向今文学派，注重微言大义。擅长诗、骈文，精通于词学研究。于词上用力最深，曾编选清人词为《箧中词》六卷、续三卷，又评点周济《词辨》。谭献论词承常州词派遗绪，推尊词体，认为词可上溯风、骚，写词最重要的是要有寄托，他提出"作者之用心未必然，读者之用心何必不然"。谭献著有《半厂丛书》《复堂诗续》《复堂文续》《复堂日记补录》。词集有《复堂词》，存词104首。

蝶 恋 花

庭院深深人悄悄①。

埋怨鹦哥,错报韦郎到②。

压鬟钗梁金凤小③。

低头只是闲烦恼。

花发江南年正少。

红袖高楼,争抵还乡好。

遮断行人西去道。

轻躯愿化车前草④。

注　释

① 庭院深深:宋代欧阳修《蝶恋花》:"庭院深深深几许。"
② 韦郎:据唐代范摅《云溪友议》记载,韦皋少游江夏,与青衣玉箫定情。临别时因留玉指环一枚,并诗一首。五年既不至,玉箫乃静祷于鹦鹉洲。又逾二年,暨八年春。玉箫叹曰:韦家郎君,一别七年,是不来耳!遂绝食而殒。宋代史达祖《寿楼春》:"算玉箫,犹逢韦郎。"
③ 钗梁金凤:古时钗端为凤形的首饰。
④ 车前草:三国陆玑《毛诗草木鸟兽虫鱼疏》:"车前一名当道,喜在牛粪迹中生,故名车前当道也。"

题 解

谭献的《蝶恋花》是一组词，共六首，这里选其中的一首。词作借写闺中思妇对羁旅他乡的游子的深挚思念，蕴含了一种为理想百折不挠、九死未悔的决心和勇气。

赏 析

这首词是代闺中女子立言，塑造了一个美丽痴情又有些烈性的女子形象。"庭院深深人悄悄"是女子所居住的环境，因长期无人过问而显得空旷寂寥。"埋怨鹦哥，错报韦郎到。"听到鹦鹉的叫声，女子误以为是心上人归来，却还是空欢喜一场，不禁责怪起鹦鹉来。"压鬓钗梁金凤小。低头只是闲烦恼"是女子等待落空后失望难言的心理与情态描写。上片的意境让人联想起现代诗人郑愁予的《错误》："我打江南走过，那等在季节里的容颜如莲花的开落……我达达的马蹄是美丽的错误，我不是归人，是个过客。"

"花发江南年正少。"如今江南正是草长莺飞，女子也正青春年少，为什么游子还不思归呢？"红袖高楼，争抵还乡好。"多少人被江南烟雨征服，来了就不愿意再离开。"人人尽说江南好，游人只合江南老"（唐代韦庄句）。而偏偏有人舍弃了这如画的江南与如花的美眷，往远方去了。"遮断行人西去道。轻躯愿化车前草。"最后一句是女子的心迹直陈，情感达到了最高处。为了阻拦游子西去的车子，她愿意化为一棵小草长在车前，这是多么微弱无力又重如千钧的期盼啊！如陈廷焯《白雨斋词话》评道："庭院深深，上半传神绝妙，下半沉痛已极，所谓情到海枯石烂时也。"词中女子对爱情与爱人敢于付出生命的执着，也是作者心中对理想的信念。联想到谭献论词一向讲求有所寄托，那么他这首词或别有所指，读者自然也可以"作者之用心未必然，读者之用心何必不然"地去领会和欣赏一番了。

金　缕　曲

江干待发①

又指离亭树②。
恁春来、消除愁病,鬓丝非故。
草绿天涯浑未遍,谁道王孙迟暮。
肠断是、空楼微雨。
云水荒荒人草草③,听林禽,只作伤心语。
行不得④,总难住。

今朝滞我江头路。
近篷窗、岸花自发,向人低舞。
裙衩芙蓉零落尽⑤,逝水流年轻负⑥。
渐惯了、单寒羁旅。
信是穷途文字贱,悔才华,却受风尘误。
留不得,便须去。

注　释

① 江干：江边。
② 离亭：即长亭短亭，秦汉时于道路每隔十里设长亭，称为"十里长亭"。供人休息饯别。
③ 草草：《诗经·小雅·巷伯》："骄人好好，劳人草草。"
④ 行不得：模拟鹧鸪的鸣声，用以表示行路的艰难与思念家乡的感情。元代萨都剌《百禽歌》："万山雨暗泥滑滑，不如归去声亦干。行不得也哥哥！九关虎豹高嵯峨，行不得也哥哥！"
⑤ 裙衩：衩，衣服旁边开口处。唐代李商隐《无题》："裙衩芙蓉小。"
⑥ 逝水流年：《论语》："子在川上曰，逝者如斯夫，不舍昼夜。"

题 解

这首词写作者在羁旅中对家乡与亲人的怀念,与对劳碌风尘的厌倦与无奈,也有对怀才不遇与虚度年华的感叹,情感较为复杂,却能一气贯穿,曲折跌宕,是谭献长调中的代表作。

赏 析

作者写此词的场景正在江边,又要开始下一段未知的旅程,心情难免复杂而感伤。"又指离亭树。恁春来、消除愁病,鬓丝非故。"作者又看到长亭旁的绿树,恐怕也非昔日颜色,树犹如此,人何以堪。"草绿天涯浑未遍,谁道王孙迟暮。"王维曾说:"春草明年绿,王孙归不归。"春草每年都在发着新绿,而一去不返的年华却只催人白头了。"云水荒荒人草草,听林禽,只作伤心语。"江上云水茫茫,离人草草,连林间的鹪鹩似乎都在催促着,归去吧,归去吧,人间的路是多么艰难啊!这样的劝慰只是徒惹愁绪。作者感叹道,"今朝滞我江头路。近篷窗、岸花自发,向人低舞。"滞留在行路上的时间无聊而漫长,只能靠近窗户观看岸上的花朵聊以解闷。"裙衩芙蓉零落尽,逝水流年轻负。"裙子上绣的芙蓉已经凋零黯淡,故乡的妻子应该也苍老了年华。逝水流年亦如白驹过隙,渐渐习惯的只有羁旅的凄寒。"信是穷途文字贱,悔才华,却受风尘误。"作者才华卓越,为何屡屡陷入这穷途的境地呢?文字在当今世道上是不值一钱的,纵然满腹才学,也在与风尘的缠斗中白白消磨了。末句"留不得,便须去",与上片歇拍的"行不得,总难住"相互呼应,突出了作者的无奈心绪。词作展现了作者的多重心态与性格,深情感人,铺陈道来,如叶恭绰在《广箧中词》中评价:"如此方可云清空不质实。"

文廷式

　　文廷式（1856—1904），字道希、芸阁，又号罗霄山人，晚号纯常子，江西省萍乡人，父辈侨居广州。咸丰六年（1856）生于广东潮州，成长于官宦家庭，为陈澧入室弟子。清光绪十六年（1890）考中进士，为一甲第二名，即榜眼，授翰林院编修，官至侍读学士。文廷式是支持光绪帝的所谓"帝党"，为政坛"清流"的领袖人物，与王懿荣、张謇、曾之撰合称为"四大公车"。因支持光绪亲政，被以慈禧太后为首的"后党"所不容。光绪二十二年（1896），文廷式被慈禧下令革职，并"永不叙用"。1898年戊戌变法失败后，文廷式逃亡日本，回国后穷困潦倒，没多久就病死于家中。

　　文廷式词学造诣颇深，著有《云起轩词钞》，龙榆生将他与王鹏运、郑文焯、况周颐并称为"清季四大词人"。其词风迥异于晚清诸家的绵密细丽，而颇近似稼轩的发唱惊挺，于清代的浙西词派、常州词派之外独具一格。陈锐《褒碧斋词话》中称："文道希词，有稼轩、龙川之遗风，惟其敛才就范，故无流弊。"文廷式实乃晚清词坛的"异数"，能于一片"比兴寄托"声中，越出常州藩篱，以《云起轩词钞》为自己赢得"拔戟异军成特起，非关词派有西江，兀傲故难双"（朱祖谋《望江南·杂题我朝诸名家词集后》）之赞誉。

翠 楼 吟

岁暮江湖，百忧如捣，感时抚己，写之以声。

石马沉烟①，银凫蔽海②，击残哀筑谁和③？
旗亭沽酒处④，看大舶、风樯轲峨⑤。
元龙高卧⑥，便冷眼丹霄，难忘青琐⑦。
真无那，冷灰寒柝⑧，笑谈江左⑨。

一笴⑩，能下聊城⑪，算不如呵手，试拈梅朵。
苕鸠栖未稳⑫，更休说、山居清课⑬。
沉吟今我，只拂剑星寒，欹瓶花妥。
清辉堕。望穷烟浦，数星渔火。

注　释

① 石马：石雕的马。古时多安置于帝王及贵族的墓前。
② 银凫：银白色的水鸟，此处借指海军军舰。
③ 筑：古代的一种击打乐器。高渐离曾在易水击筑为荆轲送行。
④ 旗亭：酒楼。沽酒：买酒。据《博异记》记载，开元中，诗人王昌龄、高适、王之涣齐名。一日天寒微雪，三诗人共诣旗亭。贳酒小饮。私相约曰："我辈各擅诗名，每不自定其甲乙，今可密观诸伶所讴，若诗入歌词之多者，则为优矣。"中则画壁作记。王之涣因指诸妓之中最佳者，曰："待此子所唱，如非我诗，即终身不敢与子争衡矣。"须臾，次至双鬟发声，则曰："黄河远上白云间，一片孤城万仞山。羌笛何须怨杨柳，春风不度玉门关。"乃王之涣诗，三人欢醉竟日。此即旗亭画壁的典故。
⑤ 大舮（biàn）：大船，此处指战船。风樯：船的桅杆。轲峨：形容高耸的样子。唐代刘禹锡《堤上行三首·其三》："日晚上楼招估客，轲峨大舮落帆来。"
⑥ 元龙：《三国志·魏书·陈登传》载，许汜与刘备论陈元龙，汜曰："昔遭乱过下邳，见元龙。元龙无客主之意，久不相与语，自上大床卧，使客卧下床。"后以"元龙高卧"为桀骜不驯、怠慢客人的典故。
⑦ 青琐：宫门上雕刻的青色花纹，代指朝廷。唐代杜甫《秋兴八首》："一卧沧江惊岁晚，几回青琐照朝班。"
⑧ 寒柝（tuò）：寒夜打更的木梆声。
⑨ 江左：即江东，长江下游一带。
⑩ 一笴（gǎn）：又作聊城笴。指箭杆。
⑪ 聊城：地名，在今山东。据《史记·鲁仲连邹阳列传》记载："齐田单攻聊城岁余，士卒多死而聊城不下。鲁连乃为书，约之矢以射城中，遗燕将。"后以"鲁连"或"聊城笴"比喻指不战而屈人之兵。唐代李白《江夏寄汉阳辅录事》："君草陈琳檄，我书鲁连箭。"
⑫ 苕鸠：栖息在苕草中的鸠鸟。
⑬ 清课：佛教信徒每日修行的课程。

题 解

这首词写于作者被罢官后,表现了作者既被朝政所不容,又不甘心隐居消沉于山野之中的悲愤与纠结。

赏 析

《翠楼吟》这一词调历来多抒发委婉缠绵的声情,而文廷式却一变为凄厉高亢之音。"石马沉烟,银凫蔽海,击残哀筑谁和?"陵墓前的石马淹没于烟雾中,江海上的战船连天蔽日,作者独自一人击筑高歌,又有谁来唱和呢?勾勒出一派萧瑟荒冷的氛围。"旗亭沽酒处,看大舸、风樯轲峨。"写作者在旗亭饮酒的潇洒适意中,仍然不忘大江上的战船,可见依旧心系国事。"元龙高卧,便冷眼丹霄,难忘青琐。"这一句更是作者心迹的吐露,纵然能像陈登一样高卧家中,不问世事,冷眼旁观,却依然"难忘青琐",对朝政难以释怀。"真无那,冷灰寒柝,笑谈江左。"于是作者无可奈何地感慨,就听着黄昏中的寒柝声,谈论着如今江左的形势吧!

"一笴,能下聊城,算不如呵手,试拈梅朵。"用春秋战国时期鲁仲连一封书信击退敌军的典故,作者感慨道纵然有着鲁仲连那般的谋略和能力,对现在的局势应该也无可奈何了,只能"呵手拈梅朵",借以消愁遣兴。"苍鸠栖未稳,更休说、山居清课。"隐居于草野之间,与青灯古佛为伴,就更不是作者所甘愿的了。"沉吟今我,只拂剑星寒,攲瓶花妥。""拂剑"的行为表明作者壮心犹在,尚未消磨。"清辉堕。望穷烟浦,数星渔火。"纵然心怀报国壮志,却也只能浪迹于江湖之上,看着夜晚的渔火渐渐点起来。以景结尾,更将百转惆怅推向极处。

文廷式一生致力于维新变法运动,在甲午战争时期主战反和,是晚清时期的爱国志士,是晚清政治斗争中的关键人物之一,然而却被剥夺了参与政治改革的权利,这对一个有意报国的人来说无疑是毁灭性的打击。这首词也呈现出一片鼓角悲凉声,是词人壮志难酬苦闷心情的体现,整首词的情绪也如奔涛巨浪,一泻千里,不可遏制。

水 龙 吟

落花飞絮茫茫,古来多少愁人意。

游丝窗隙,惊飙树底①,暗移人世。

一梦醒来,起看明镜,二毛生矣②。

有葡萄美酒,芙蓉宝剑③,都未称、平生志。

我是长安倦客,二十年、软红尘里④。

无言独对,青灯一点,神游天际。

海水浮空,空中楼阁⑤,万重苍翠。

待骖鸾归去⑥,层霄回首,又西风起。

注 释

① 惊飙:暴风。
② 二毛:头发上黑白二色,指上了年纪头发花白。
③ 芙蓉宝剑:出自《越绝书》:"越王勾践有宝剑,闻于天下。客有能相剑者,名薛烛,王取纯钩示之,薛烛手振拂扬,其华淬如芙蓉始出。"
④ 软红尘:指繁华都市。
⑤ 空中楼阁:空中所显现的楼台殿阁,即海市蜃楼。宋代沈括《梦溪笔谈》:"登州四面临海,春夏时,遥见空际有城市楼台之状,土人谓之海市。"
⑥ 骖鸾:谓仙人驾驭鸾鸟云游,南朝江淹《别赋》:"驾鹤上汉,骖鸾腾天。"

题 解

这首词写作者在暮春看到百花飘零、飞絮满天，不禁勾起了时光易逝、年华易老的感慨，顿感光阴虚度、壮志难酬。在纷繁复杂的内心世界外，作者渴望寻找一个情感的解脱，却只感受到了人生的冷漠与萧索。

赏 析

文廷式富于才学，视野开阔，对浙派、常州派词之流弊均有清醒认识。加之早年仕途顺畅，登车揽辔之志常出没于胸中，舍我其谁之气流荡于笔下，故其词主体风格近于苏、辛之豪放。这首词鲜明地体现了文廷式词作的独特风格。"落花飞絮茫茫，古来多少愁人意。"开篇起兴，由"落花"与"飞絮"想起古往今来多少仁人志士的伤春悲叹。"游丝窗隙，惊飙树底，暗移人世。"写作者对人生的感性体验，这是敏感的词心才具备的独特物感情怀。"一梦醒来，起看明镜，二毛生矣。"英雄易老，美人迟暮，古今如此，这也是作者对内心世界的直接袒露。"有葡萄美酒，芙蓉宝剑，都未称、平生志。"是作者个性的显现，唐代王翰说"葡萄美酒夜光杯，欲饮琵琶马上催。醉卧沙场君莫笑，古来征战几人回"，虽然笑对人生，但是这种笑其实蕴含着更深的悲哀。

"我是长安倦客，二十年、软红尘里。""软"字表现了世俗对个体无孔不入的侵蚀，是作者对污浊世道的厌恶。"无言独对，青灯一点，神游天际。"为了寻求解脱，作者想象着能够超脱世俗，神游天际。但只是"海水浮空，空中楼阁，万重苍翠"，离开现实世界的幻想只是空中楼阁。"待骖鸾归去，层霄回首，又西风起。""西风"是人世向作者的召唤，也是作者对遭受内忧外患的国家的担忧与牵念。

词作上阕写的是感慨时光流逝，壮志未展；下阕写畅想旷达潇洒地放船五湖，却又难以释怀家国的危难。直抒胸臆又饶有韵味，兼备豪迈的胸襟与婉转的情致。类似之作，在文廷式的《云起轩词钞》中颇为多见。

王鹏运

王鹏运（1849—1904），字佑遐，一字幼霞，中年自号半塘老人，又号鹜翁，晚年号半塘僧鹜。王鹏运命途多舛，幼年失母，中年丧父，爱妻早亡，身后没有子嗣，故号"半塘"以自哀。祖籍原是浙江绍兴，先祖宦游于广西，遂为广西临桂（今广西桂林）人。同治九年（1870）举人。历任内阁中书、侍读学士、江西道监察御史、礼科给事中等职。光绪二十八年（1902），离京南归，至扬州主仪董学堂。两年后卒于苏州。

王鹏运工于作词及词学，词宗常州词派，与况周颐、朱孝臧、郑文焯合称"清末四大家"，鹏运居首。著有《袖墨词》《虫秋词》《庚子秋词》《味梨词》《鹜翁词》等集，后删定为《半塘定稿》两卷。王鹏运在词学文献整理上有突出贡献，以清代朴学家治经史的学术方法，进行词集的校勘。曾汇刻《花间集》及宋元诸家词为《四印斋所刻词》，词学校勘之学，即始于王鹏运。

临 江 仙

枕上得家山二语，漫谱此调，梦生于想，歌也有思，不自知其然而然也。

歌哭无端燕月冷①，壮怀销到今年。

断歌凄咽若为传。

家山春梦里，生计酒杯前。

茆屋石田荒也得②，梦归犹是家山。

南云回首落谁边？

拟呵湘水壁③，一问左徒天④。

注 释

① 燕月：北京的月亮。
② 茆屋：集茅屋，用茅草盖的房屋。
③ 拟呵湘水壁：用战国屈原写《天问》的典故。《楚辞补注·天问》："屈原放逐，忧心愁悴。彷徨山泽，经历陵陆。嗟号昊旻，仰天叹息。见楚有先王之庙及公卿祠堂，图画天地山川神灵，琦玮僪佹，及古贤圣怪物行事。周流罢倦，休息其下，仰见图画，因书其壁，呵而问之，以渫愤懑，舒泻愁思。"为失意者发泄胸中愤懑之典故。
④ 左徒：战国时楚国官名。后人因屈原曾为楚怀王左徒，即用以指屈原。

题 解

1900年八国联军进入北京，慈禧太后携光绪帝仓皇逃到西安，王鹏运等词人则滞留于京城里，以填词消遣抒发苦闷的心情。

赏 析

这首词是作者在梦中构思而成的，如词序所言"梦生于想，歌也有思"，可见忧思之深。"歌哭无端燕月冷，壮怀销到今年。"回望天空的月亮，更让人产生悲凉之感。"断歌凄咽若为传。"作者在沦陷的北京城里借着填词来抒发痛苦，当真是呜咽难言。"家山春梦里，生计酒杯前。"这两句是于梦中所得。王鹏运本是广西人，回望故乡，在遥远的天边，长年寄居于京城，如今只剩下了用酒杯来消减愁绪。"茆屋石田"承接着上片的"家山"，他想象着家乡的茅草屋与田地应该也荒芜了，而在梦中回去，它依然还是家山。京城沦落在八国联军手中，却已不是昔日的模样。结句蕴藏着深沉的喟叹，"拟呵湘水壁，一问左徒天。""呵壁"是屈原作《天问》时的典故，"湘水"是屈原的故乡，如今作者像屈原一样呵壁问天，质问着眼前发生的一切：为什么国家会变成这个样子？为什么他自身的遭遇会这样？这也和开篇的"歌哭无端"相照应。

念 奴 娇

登旸台山绝顶望明陵①

登临纵目，对川原绣错，如接襟袖。
指点十三陵树影，天寿低迷如阜②。
一霎沧桑，四山风雨，王气消沈久。
涛生金粟③，老松疑作龙吼。

惟有沙草微茫，白狼终古④，滚滚边墙走。
野老也知人世换，尚说山灵呵守⑤。
平楚苍凉⑥，乱云合沓，欲酹无多酒⑦。
出山回望，夕阳犹恋高岫⑧。

注　释

① 旸台山：在今北京市西北郊外。明陵：明代十三陵。
② 天寿：天寿山，位于昌平北部，自明成祖至末代庄烈帝共十三座皇帝陵墓的所在地。阜：小的土山。
③ 金粟：山名，在陕西，为唐玄宗陵墓所在地。又泛指帝王陵墓。
④ 白狼：北魏郦道元《水经注》："辽水又会白狼水，水出自右北平白狼县。""白狼水"即大凌河，在辽宁西部。
⑤ 山灵：山神。
⑥ 平楚：即平野，从高处远望，丛林的树梢齐平。化用自南朝谢朓《宣城郡内登望诗》："寒城一以眺，平楚正苍然。"
⑦ 酹：以酒浇地以示祭奠。宋代苏轼《念奴娇·赤壁怀古》："人生如梦，一尊还酹江月。"
⑧ 高岫：高山。

题　解

这首词写作者登临旸台山，远眺明陵，感慨明朝的衰亡，并借古伤今，流露出对清王室命运的担忧和哀叹。

赏　析

"登临纵目，对川原绣错，如接襟袖。"写作者登临旸台山由远而近地欣赏景色，遥望着平原之上落叶缤纷，色彩纷乱如锦绣。"指点十三陵树影，天寿低迷如阜。"十三陵的树影依然是郁郁葱葱，而埋葬着明朝十三位皇帝的天寿山此时看起来矮小得如同一座小土山。"一霎沧桑，四山风雨"，作者想象着当年明末朝廷遭受着内忧外患，三百余年的基业一瞬间就消亡了。"王气消沈久。涛生金粟，老松疑作龙吼。"如今清朝也日薄西山了，王气黯然，只有守陵的老松在大风吹拂下响起一片涛声，似乎是清朝这只衰朽的"龙"在做最后的嘶吼。

"惟有沙草微茫，白狼终古，滚滚边墙走。""边墙"即长城，明朝已经不再了，唯有明朝时修建的长城还留存在中原大地上，向人们诉说着沧桑变幻。"野老也知人世换，尚说山灵呵守。"田野农夫也知道世道要改变了，即使真的有山灵守护着清朝的国运，也无补于事了。"平楚苍凉，乱云合沓"，作者的视线与思绪再次转向眼前的景象。"欲酹无多酒。出山回望，夕阳犹恋高岫。"一抹残阳仍然挂在高山峰顶，写出了作者对清王朝国事的牵念与依依不舍之情。整首词借古讽今，体现了沉重的历史苍茫感。

点 绛 唇

饯春①

抛尽榆钱②,依然难买春光驻。
饯春无语,肠断春归路。

春去能来,人去能来否?
长亭暮③,乱山无数,只有鹃声苦④。

注 释

① 饯春:送别春天。
② 榆钱:即榆荚,榆树开花后所结果实。形状似铜钱,连缀成串,故称榆钱。
③ 长亭:秦汉时于道路每隔十里设长亭,称为"十里长亭",供人休息饯别。
④ 鹃声:传说杜鹃为蜀帝杜宇的魂魄所化,在夜间鸣叫,声音凄切以致啼血。古人常借子规啼叫抒发思念故国之情。

题 解

这首词表面上写的是叹惜春去,但若联系该词写作背景——光绪二十一年(1895)春,清政府签订了丧权辱国的《马关条约》,便可知"惜春"背后其实蕴藏着深沉的内涵,体现了作者对国家局势的担忧与牵念。

赏 析

王鹏运的词,大多充满了激切的忧世情怀,例如以直白语言表达内心悲愤和无奈的《满江红·送安晓峰侍御谪戍军台》:"天难问,忧无已。真御史,奇男子。只我怀抑塞,愧君欲死。"然而更多的是在婉转比兴之下流露出的家国情怀,如这首《点绛唇》。"抛尽榆钱,依然难买春光驻。"开篇的比喻十分新警。榆荚的形状如钱,故而作者联想到用榆钱买来春光的常驻。有一首老歌不也唱:"愿用家财万贯,买个太阳不下山。"这都是古往今来的人们对美好时光的留恋之情。"饯春无语,肠断春归路。"但是春光是一去不回的,留给作者的也只是无尽的伤感。"春去能来,人去能来否?"过片的笔锋再次一转,春天虽然离去,但明年还会再归来,可是人的年华一去却再也无法回来了。同样的,世界上大多是一去不回的事物,如国家难以重现的国势与荣光。"长亭暮,乱山无数,只有鹃声苦。"那鹃声其实是词人内心的苦楚。结句将全词的感伤情绪推向了极致。

这首小令很短,但在有限的篇幅里,作者的情绪经过数次的腾挪转换,感情沉郁顿挫,语言晓畅清丽,可谓是"一语天然万古新,豪华落尽见真淳"(元好问《论诗三十首》句)。

满 江 红

送安晓峰侍御谪戍军台①

荷到长戈②，已御尽、九关魑魅③。
尚记得、悲歌请剑，更阑相视④。
惨澹烽烟边塞月，蹉跎冰雪孤臣泪。
算名成、终竟负初心，如何是。

天难问⑤，忧无已⑥。
真御史，奇男子。
只我怀抑塞，愧君欲死。
宠辱自关天下计，荣枯休论人间世。
愿无忘、珍惜百年身⑦，君行矣。

注　释

① 安晓峰：安维峻，字晓峰，甘肃秦安人。光绪六年进士，任御史。一年内上书六十余道，甲午战争时，上书斥责李鸿章挟外洋以自重，挟制朝廷。被慈禧太后认为是挑拨与皇帝关系，革职发张家口军台。安晓峰以直言获罪，前来送行人不计其数。

② 荷到长戈：唐代杜甫《夏夜叹》："念彼荷戈士，穷年守边疆。"

③ 九关：战国屈原《楚辞·招魂》："魂兮归来，君无上天些！虎豹九关，啄害下人些。"魑魅：指山林间害人的鬼怪，代指权邪小人。《汉书·王莽传》："敢有非井田圣制，无法惑众者，投诸四裔，以御魑魅。"

④ 请剑：用朱云请剑斩权贵的典故。《汉书·朱云传》："云上书求见，公卿在前。云曰：'今朝廷大臣上不能匡主，下亡以益民，皆尸位素餐，孔子所谓"鄙夫不可与事君""苟患失之，亡所不至"者也。臣愿赐尚方斩马剑，断佞臣一人以厉其余。'上问：'谁也？'对曰：'安昌侯张禹。'上大怒，曰：'小臣居下讪上，廷辱师傅，罪死不赦！'御史将云下，云攀殿槛，槛折。云呼曰：'臣得下从龙逢、比干游于地下，足矣！未知圣朝何如耳！'"后以"请剑"为直言敢谏，请除奸佞之典。相视：《庄子·大宗师》："四人相视而笑，莫逆于心。遂相与为友。"

⑤ 天难问：用战国屈原作《天问》典故。汉代王逸《楚辞章句》："《天问》者，屈原之所作也。屈原放逐，彷徨山泽。见楚有先王之庙及公卿祠堂，图画天地山川神灵，琦玮僪佹，及古贤圣怪物行事，因书其壁，呵而问之，以渫愤懑。"

⑥ 忧无已：宋代范仲淹《岳阳楼记》："居庙堂之高，则忧其民。处江湖之远，则忧其君。是进亦忧，退亦忧，然则何时而乐耶？"

⑦ 百年身：南朝鲍照《行药至城东桥》："争先万里途，各事百年身。"

题 解

甲午战争时，御史安晓峰上书弹劾李鸿章，其中微含对慈禧太后的讽刺，被革职下放军台。王鹏运作为同僚兼挚友，写下此词作为送别，对安晓峰直言进谏、不畏强权的正直作为表达了钦佩之情，并满怀对友人的美好祝愿，期待来日功业可成。

赏 析

王鹏运与安晓峰同任御史，又曾共同弹劾李鸿章，可谓志同道合，相交甚契。安晓峰因言获罪，王鹏运在这首送别之作中却没有"儿女沾巾"式的唏嘘悲叹，而是充满着昂扬激荡的情怀与抱负。这不仅是出于对友人的由衷赞叹，更是对报国救民初心的坚守。"荷到长戈，已御尽、九关魑魅。"开篇就有一种力能扛鼎的气势，写安晓峰一封奏疏，直陈时弊，惹得"九关魑魅"，即朝廷权贵胆寒。"尚记得、悲歌请剑，更阑相视。"用汉代朱云典故，暗写王鹏运与安晓峰在深夜一同起草章表的情景。"惨澹烽烟边塞月，蹉跎冰雪孤臣泪"是作者设想友人孤独踏上贬谪之路的情景。虽然烽烟萧索，冰天雪地，但是友人定会像餐毡饮雪的苏武一样，忠心不改。"算名成、终竟负初心，如何是。"作者感叹道，如今安晓峰因为忠直名满天下，成就了个人的盛名，但是终究没有完成扫除权奸、挽救国脉的愿望，因此觉得初心被辜负，是极大的遗憾。

"天难问，忧无已。"指最高当权者的心意让人无从揣测，而对国家前途的忧虑却一日未曾减退。"真御史，奇男子"是对友人品行的极高推重，而"直声震天下"的王鹏运本人也完全当得起这样的高论。"只我怀抑塞，愧君欲死。"杜甫《短歌行》云："我能拔尔抑塞磊落之奇才。""抑塞"也是整首词的感情基点。面对着山河飘摇的国家形势，作者心中悲愤无处诉说，只能效仿屈原去呵壁问天。"宠辱自关天下计，荣枯休论人间世"是作者对友人的勉励之辞，虽然今日不幸被驱遣，但是勿忘了昔日救国救民的共同抱负，个人片刻的荣辱与天下国家的命运相比是何其渺小啊！"愿无忘、珍惜百年身，君行矣。"最后一句曲终奏雅，直抒胸臆，劝慰友人珍惜身体，拳拳惜别之意盈于纸上笔端。词作慷慨磊落，与辛弃疾、文天祥词风一脉相承。

况周颐

况周颐（1859—1926），字夔笙，一字揆孙。原名况周仪，因避宣统帝溥仪名讳，改名为况周颐。别号蕙风、玉梅词人、玉梅词隐，晚号蕙风词隐，广西临桂（今广西桂林）人。光绪五年（1879）举人。官至内阁中书，曾入张之洞、端方幕。民国建立后居上海，以卖文为生。

况周颐五十年来致力于词，功力很深，与王鹏运、郑文焯、朱祖谋并称为晚清四大家。他有词集九种，合刊为《第一生修梅花馆词》，后删定为《蕙风词》二卷，另著有《词学讲义》《薇省词钞》。况周颐还著有《蕙风词话》，是常州词派一部系统的词学理论著作，被朱祖谋推许为"千年来之绝作"。

况周颐论词推崇"重、拙、大"，词风细密工丽，隽永清新，有名士气。王国维在《人间词话》中评价况周颐词道："《蕙风词》小令似叔原，长调亦在清真、梅溪间，而沈痛过之。彊村虽富丽精工，犹逊其真挚也。天以百凶成就一词人，果何为哉！"

鹧鸪天

如梦如烟忆旧游。
听风听雨卧沧洲①。
烛消香灺沈沈夜②,春也须归何况秋。

书咄咄③,索休休。
霜天容易白人头。
秋归尚有黄花在,未必清樽不破愁④。

注　释

① 沧洲:古时常用以称隐士的居处。
② 香灺(xiè):指香烛灯芯的余烬。
③ 咄咄:表示叹息、愤慨、惊诧。出自南朝刘义庆《世说新语》:"殷中军被废,在信安,终日恒书空作字。扬州吏民寻义逐之,窃视,唯作'咄咄怪事'四字而已。"
④ 清樽:酒器,亦借指清酒。

题 解

这首词纯是抒情之作,写作者苦闷而欲求解脱的心理状态,旷达中透着些许的抑郁不甘。

赏 析

晚清四大家中,况周颐的词风呈现一种"名士气",因其隽秀而不乏轻狂。这首《鹧鸪天》就鲜明地体现出了况周颐的词风。"如梦如烟"与"听风听雨"两相对照,虽是平常之语,却依然能勾连出独特的韵味。"书咄咄",用《世说新语》中殷浩的典故。东晋扬州刺史殷浩与大将军桓温不合,殷浩北伐失败,被废为平民,流放到信安后,他整天在空中胡乱写一些字,其他人偷偷辨认,写的原来是"咄咄怪事"四个字,用来形容失志后的懊恨之态。但是作者接着说"索休休",还是算了吧。宋代辛弃疾的《鹧鸪天·鹅湖归病起作》也说:"书咄咄,且休休,一丘一壑也风流。不知筋力衰多少,但觉新来懒上楼。"因为年华易逝,不必把大好时光都用来嗟叹失去的东西。"秋归尚有黄花在,未必清樽不破愁。"就算是秋天还有菊花可以慰藉人心,那么饮下一口美酒也能破解我心中的忧愁吧。语句经过精心的锤炼而仍不失自然,勉作自我解脱之语。整首词明快流转,读来清新跳脱,呈现出跌宕转折的意味。

水 龙 吟

己丑秋夜，赋角声《苏武慢》一阕，为半塘所击赏①。乙未四月，移寓校场五条胡同②，地偏，宵警呜呜达曙，凄彻心脾。漫拈此解③，颇不逮前作，而词愈悲，亦天时人事为之也。

声声只在街南，夜深不管人憔悴。
凄凉和并，更长漏短，彀人无寐④。
灯烬花残⑤，香消篆冷⑥，悄然惊起。
出帘栊试望，半珪残月⑦，更堪在，烟林外。

愁入阵云天末，费商音⑧、无端悽戾。
鬓丝搔短，壮怀空付，龙沙万里⑨。
莫谩伤心，家山更在，杜鹃声里。
有啼乌见我，空阶独立，下青衫泪⑩。

注　释

① 半塘：王鹏运号半塘老人。
② 校场五条胡同：在北京宣武门外。
③ 解：古代词曲以一章为一解。
④ 彀（gòu）人：困顿不堪的人。
⑤ 灯灺（xiè）：灯烛将要熄灭。
⑥ 篆冷：香炉中的烟缕冷却了。因炉烟缭绕如篆书，故称。
⑦ 珪（guī）：一种玉器，上圆下方。
⑧ 商音：传统五音之一，旋律以商调为主音的乐声，悲凉哀怨。也用来指秋声。
⑨ 龙沙：泛指塞外漠北边塞之地，荒漠。唐代李白《塞下曲》："将军分虎竹，战士卧龙沙。"
⑩ 青衫泪：借指失意的官员。出自唐代白居易《琵琶行》："座中泣下谁最多，江州司马青衫湿。"

题 解

这首《水龙吟》是作者在寒夜听到"宵警达曙"之声，追忆前作写下的。此时甲午战争刚结束，中国战败，作者在自伤身世时更是投入了对国家命运的担忧。

赏 析

词的小序交代了创作背景，己丑秋夜是在六年前，也就是光绪十五年（1889），况周颐写下了著名的《苏武慢·寒夜闻角》，为王鹏运所赞赏。乙未四月，即甲午战争后一年，况周颐又写下了这首《水龙吟》，此时的环境是"地偏，宵警呜呜达曙"，因为社会动荡不安，警戒声一直没有停止，让人心中感到一阵阵的悲凉。作者认为这首词不及《苏武慢》，而悲伤过之，是因为"天时人事"之故。而所谓"人事"，应指的便是甲午中日战争，清廷一败涂地，李鸿章精心经营的北洋水师全军覆没。中国被迫与日本签订了丧权辱国的《马关条约》，割让台湾给日本，令国人对清政府更加心灰意冷。理解了这个时代背景，便知道了作者为什么在这首《水龙吟》中有这么多感时伤世之语了。

"声声只在街南，夜深不管人憔悴。凄凉和并，更长漏短，彀人无寐。"开篇直接点出角声的悲凉动人。"灯灺花残，香消篆冷"，转入室内的景象：作者被悄然惊起，拉开帘子寻找声音从何处来，却只看到了半珪残月。"鬓丝搔短，壮怀空付"，是作者在感叹年华老去，如今鬓发尽白，而依然壮怀难酬，"龙沙万里"则将思绪转向遥远的战场上。"家山更在，杜鹃声里"是极为沉痛之语，相传蜀帝杜宇在死后化为杜鹃，因思念故国日夜啼叫以致流出鲜血。而如今清王朝这座大厦已是摇摇欲坠了，也没有能够挽狂澜于既倒的人出现，只能眼睁睁看着家山走向灭亡。如果有啼乌飞过，定会看到一个空阶伫立的落寞词人，青衫上沾满泪痕，这也是作者自身忧国忧民而感怀身世的写照。

郑文焯

郑文焯（1856—1918），字俊臣，号小坡，又号叔问，晚号大鹤山人，又署冷红词客，奉天铁岭（今辽宁铁岭）人，隶属汉军正黄旗，自述为郑康成之后。咸丰六年（1856）生，父亲郑瑛棨，官至陕西巡抚。郑氏一门鼎盛，兄弟十人，唯有郑文焯喜好风雅。郑文焯于光绪乙亥年（1875）中举，官至内阁中书，但七次参加会试未中，遂绝意于仕进，客居苏州四十余年。

郑文焯精通音律，工尺牍，兼擅书画。有《词源斠律》，专门讨论词的声律问题，可见其对词体之深研。民国七年（1918）去世。著有《瘦碧》《冷红》《比竹余音》等集，后删存为《樵风乐府》十卷。郑文焯名列清季四词人之一。严迪昌先生在《清词史》中论及晚清四大词人时说，王鹏运《半塘定稿》具风云气，颇能爽健。朱祖谋《彊村语业》具书卷气，独见深苍。况周颐《蕙风词》显名士气，隽秀不乏清狂。而郑文焯《樵风乐府》则有隐逸气。郑文焯词风合梦窗、白石二家之所长，既有梦窗词之绮密摛藻，而深涩刻意处更有过之，兼得有白石之筋骨情韵，句妍意远。

谒 金 门

行不得！鹢地衰杨愁折①。
霜裂马声寒特特②，雁飞关月黑。

目断浮云西北，不忍思君颜色。
昨日主人今日客，青山非故国。

注 释

① 鹢（yuè）：黄黑色。指秋天柳条上长出来的黑斑。
② 特特：拟声词，马蹄声。

题 解

庚子之变时，慈禧太后携光绪帝出逃。这首《谒金门》是郑文焯因思念光绪帝而作。

赏 析

郑文焯一生虽多沉于下僚，但于时局动荡、国家危难，亦能予以关注。戊戌、庚子间所作诸词，即很好地呈现了他对时局的观察、理解和情感立场。晚清时有帝党与后党之争，即光绪帝与慈禧太后的权力争夺，朱祖谋、郑文焯、况周颐这些词人多是心向光绪帝的。这首词也表达了对光绪的牵念之情。"行不得！"最早出自《花间集》，这里是以男女之情来譬喻君臣之情。"飐地衰杨愁折。"古人有折柳送别的习俗，而这时的柳树已经被风雨侵袭得长满了黑斑，应该也无人肯折了。"霜裂马声寒特特，雁飞关月黑。"这里作者想象光绪帝在出逃路上的情景：深秋霜重，马蹄声踏着漆黑的关山路，十分凄凉。"目断浮云西北，不忍思君颜色。"指作者望着西北方向的都城，已经不忍思念国君。"昨日主人今日客"，光绪帝昨日还是大清的君主，今日却在荒冷的塞外逃难；"青山非故国"，青山虽然未改，故国却已经沦陷在外敌手中，故云"非故国"。整首词的感情十分沉痛，体现了丧乱之中人的无助心情。

鹧 鸪 天

水竹依稀濠上园①，苍烟五亩绝尘喧。
半床落叶书连屋，一雨飘花船到门。

寒事早，恋清尊。
狸奴长伴夜毡温②。
近来睡味甜于蜜，烂嚼梅花是梦痕。

注 释

① 濠上：濠水之上。《庄子·秋水》："庄子与惠子游于濠梁之上。庄子曰：'儵鱼出游从容，是鱼之乐也。'惠子曰：'子非鱼，安知鱼之乐？'庄子曰：'子非我，安知我不知鱼之乐？'"后多用"濠上"比喻逍遥闲游，自得其乐之地。
② 狸奴：猫的别称。

题 解

这首词以温情脉脉的笔触描写了作者在初冬时节自得其乐的书斋生活。

赏 析

"水竹依稀濠上园,苍烟五亩绝尘喧。"写作者的居住环境,水竹满园,远离尘俗,大类于庄子曾闲游的濠上之地。"半床落叶书连屋,一雨飘花船到门。"对仗工整秀丽,突出了作者心境的愉悦恬淡。"寒事早,恋清尊。狸奴长伴夜毡温。"写深秋之时,寒冷早至,但是有猫咪与酒杯的陪伴,作者也颇能逍遥度日。南宋诗人陆游也曾在风雪之夜拥着猫咪心满意足地感叹道:"溪柴火软蛮毡暖,我与狸奴不出门。"结语十分巧妙,"近来睡味甜于蜜,烂嚼梅花是梦痕。"暗用隋朝赵师雄在罗浮山下遇见梅花仙女的典故。据唐代《龙城录》记载:"顷醉寝,师雄亦憭然,但觉风寒相袭。久之,时东方已白。师雄起视,乃在大梅花树下,上有翠羽啾嘈相顾,月落参横。但惆怅而尔。"然而不同的是,赵师雄与梅花仙女终究是一场飘渺的迷梦,作者却颇能在平淡的日常生活中体味着生活静谧的美好与安稳,令人读之不由得会心一笑。

夜 行 船

将发沪渎①，月夜舟行淀山湖②，使风如马，翦灯嚼墨③，剧有奇致也。

俊羽凌风飘玉叶。

翦愁灯，梦花双叠。

涩浪惊帆破空飞，见海上、有人如月。

袖底蓬山无恙别④。

奈仙云，总成鬟髻。

一掬夫容凤箫吹⑤，堕染作、满天红雪。

注 释

① 沪渎：古水名。指吴淞江下游近海处一段（今黄浦江下游）。因当地人民用"沪"在江海之滨捕鱼为业而得名。
② 淀山湖：位于上海市青浦区。
③ 嚼墨：晋代葛洪《神仙传·班孟》："班孟者，不知何许人……又能吞墨，舒纸着前，嚼墨喷之，皆成文字，满纸各有意义。"后来嚼墨比喻善于写文章的人。
④ 蓬山：蓬莱山。相传为仙人所居的三大仙山之一。
⑤ 夫容：即芙蓉，荷花的别名。

题 解

这首词写月夜时分,词人舟行湖上所产生的奇异浪漫的想象。

赏 析

这首词,不仅具仙气,更透溢着瑰丽的奇幻色彩,如斑斓缤纷的梦境。"俊羽凌风飘玉叶"描写风行水上,小船如一叶轻羽飘过江面的景象。词人独伴青灯,嚼墨为文。"涩浪惊帆破空飞"写作者夜晚乘船的体验。茫阔无边的水波上,船尾分开波浪,如一道利剑划开黑漆漆的江面,滔滔水声令人渺不知南北。月夜晴朗,斑斓星光抛洒在水上,一江之水顾盼摇动,如行于银河之中。"见海上、有人如月。"明是幻觉,却无比真实。那人亭亭独立于涟漪之上,未通一言,却美如皓月,这该是自天河腾云而来的仙人吧!下阕尘世茫然,沧海桑田,星辰陨灭。遥远天际织成的绯红色云朵,依稀变换出美人之鬟髻,忽而又绽放出一朵娉婷袅袅的芙蓉,却旋即在洞箫声中片片枯萎,瓣瓣凋零,在夜风的吹拂下,如纷纷扬扬的红雪,飘满整个天空,也飘满了作者的梦境。皆是超然俗氛,不作尘埃间想,直欲"摄衣而上,划然长啸,草木震动,山鸣谷应,风起水涌"(苏轼《后赤壁赋》),衣袂飞扬,飘飘似仙。

朱祖谋

朱祖谋（1857—1931），又名孝臧，字藿生，又字古微，号沤尹，又号彊村，浙江归安（今浙江湖州）人。生于咸丰七年（1857），光绪九年（1883）进士，授翰林院编修，历任侍讲学士、礼部右侍郎。光绪三十年（1904），担任广东学政，因与两广总督意见不合，引病退职，卜居苏州、上海间。民国成立后，以清代遗民自居，隐居上海。袁世凯曾想聘请为高等顾问，朱祖谋不与通一字。后在天津以君礼参拜废帝溥仪，涕泣而去。民国二十年（1931），卒于上海，年七十五。

朱祖谋词学成就卓著，与王鹏运、郑文焯、况周颐并称为晚清四大词人，被推尊为"集清季词学之大成"。钱仲联《近百年词坛点将录》中点其为宋江，以为其能"集天水词学大成"。祖谋亦精于前代词集之校勘，校刻唐、宋、金、元人词百六十余家为《彊村丛书》，可谓是"大有功于词苑"（张尔田《彊村遗书序》）。词集有《彊村语业》三卷。

鹧鸪天

九日丰宜门外过裴村别业①

野水斜桥又一时。
愁心空诉故鸥知。
凄迷南郭垂鞭过②,清苦西峰侧帽窥③。

新雪涕,旧弦诗。
愔愔门馆蝶来稀④。
红萸白菊浑无恙⑤,只是风前有所思。

注释

① 九日:九月九日重阳节。丰宜门:在今北京市南部。裴村:即刘光第,戊戌六君子之一。
② 垂鞭:垂下鞭子,即缓缓行走。
③ 清苦西峰:化用宋代姜夔《点绛唇》:"数峰清苦,商略黄昏雨。"指西峰也因刘光第被杀害而愁苦。
④ 愔愔:静寂深沉。
⑤ 红萸白菊:红色的茱萸,白色的菊花,古时重阳节的风俗,佩戴茱萸,饮菊花酒。

题 解

戊戌变法在慈禧太后的反扑下迅速失败了,谭嗣同、杨锐、刘光第等戊戌六君子被杀害。刘光第是朱祖谋的好友,这首词即是他在重阳节经过刘光第住宅后所写下的,以表达对友人的思念之情。

赏 析

朱祖谋是支持光绪帝维新变法运动的,在戊戌变法失败后,朱祖谋十分悲痛。这首词既是哀悼被杀害的友人刘光第,更是对时局的痛心。"野水斜桥又一时"指词人已经不止一次来到这里了,而"愁心空诉故鸥知"暗示在黑暗的政治环境下,他的悲伤不敢对别人表达,只能对着鸥鸟来诉说,而鸥鸟还是往日的,友人却已经魂归黄土。于是词人只能无奈地垂下马鞭经过南郊,连西山好像也染上了愁苦之色。

"新雪涕,旧弦诗。憎憎门馆蝶来稀。"指友人被害后,故居冷落,再也没有人前来。"红萸白菊浑无恙,只是风前有所思。"回归到重阳节这个时间点上,每年不变的还是插茱萸、饮菊花酒的风俗,而只有词人独立风前,若有所思,默默地抒发对友人的怀念之情。整首词感情深挚,融情于景,十分动人,颇得向秀《思旧赋》之遗韵。

夜　飞　鹊

香港秋眺，怀公度①

沧波放愁地，游棹轻回。
风叶乱点行杯。
惊秋客枕酒醒后，登临尘眼重开。
蛮烟荡无霁②，飐天香花木，海气楼台。
冰夷漫舞③，唤痴龙、直视蓬莱④。

多少红桑如拱⑤，筹笔问何年⑥，真割珠崖⑦。
不信秋江睡稳，掣鲸身手，终古徘徊。
大旗落日，照千山、劫墨成灰。
又西风鹤唳，惊笳夜引，百折涛来。

注　释

① 公度：黄遵宪字公度，著名爱国诗人、外交家，曾参与戊戌变法，失败后回归故里。
② 蛮烟：英国殖民者占领香港后带来的乌烟瘴气。无霁：指遮蔽晴空。
③ 冰夷：河神。《山海经·海内北经》："从极之渊，深三百仞，维冰夷恒都焉。冰夷人面，乘两龙。"
④ 蓬莱：传说中的仙岛。
⑤ 红桑：传说为仙境中的桑树。出自晋代王嘉《拾遗记·少昊》："穷桑者，西海之滨，有孤桑之树，直上千寻，叶红椹紫，万岁一实，食之后天而老。"
⑥ 筹笔：运笔筹划。
⑦ 珠崖：代指香港。

题　解

光绪三十年（1904），朱祖谋四十八岁，是秋九月，他利用出任广东学政的机会游览香港。自1842年《南京条约》将香港割让给英国，彼时已有六十二年了。朱祖谋登临海畔，忧国思人，不禁百感交集，写下此篇。

赏　析

深秋时节，沧波浩渺，一叶扁舟，浓愁如海。开篇一片萧瑟的景象，"登临尘眼重开"到"海气楼台"，写香港如今的景象，殖民地的烟云笼罩在香港天空之上密不透日，但是眼前却一片歌舞升平、纸醉金迷。词人不由痛心感叹："唤痴龙、直视蓬莱。"痴龙指当时中国。九州生气早已泯灭，清朝统治者已忘却割土之痛。

下阕笔法一层接一层，如怒涛拍岸，令人读来惊心动魄。"多少红桑如拱，筹笔问何年，真割珠厓。"开头三句的情绪由上阕结句衬托出来。"真割珠厓"，哀叹如此好景竟被轻易割去。"不信秋江睡稳，掣鲸身手，终古徘徊。"词人仍希望能有如黄公度般的英豪来力挽狂澜，扶大厦之将倾。但内外局势急转直下，滔滔华夏一片沉寂，只余下大旗落日，"照千山、劫墨成灰。"可谓是对清朝覆亡的预言。词人心知国破家亡之势渐成定局，若也能随众人昏聩迷昧，就不用受这种锥心刺骨之痛。那百折波涛滚滚而来，不断冲击着中国这条摇摇欲坠的破船。西风鹤唳，悲笳声声，催人泪下。

这首词是朱祖谋的代表作，历来称誉不断，如胡先骕《评朱古微词》云："《夜飞鹊》多少红桑如拱，劫墨成灰。奇情壮采，直拟杜陵。古来惟辛稼轩《永遇乐·京口北固亭怀古》、吴梦窗《八声甘州·陪庾幕诸公秋登灵台》、王半塘《念奴娇·登旸台山绝顶望明陵》数词，可与抗手。玉田、白石无此胸襟，亦无此手腕也。"

王国维

王国维（1877—1927），字静安，亦字伯隅，初号礼堂，晚号观堂，又号永观，谥忠悫。浙江海宁人。早年曾以诸生的身份留学日本，研究哲学、心理学、伦理学，受到西学与新学的影响。晚年任教于清华大学国学院，与梁启超、陈寅恪、赵元任并称为国学院四大导师。1927年，王国维自沉于颐和园昆明湖，遗书写道："五十之年，只欠一死。经此世变，义无再辱。"王国维自沉后两年，陈寅恪在纪念碑文中写道："先生以一死见其独立自由之意志，非所论于一人之恩怨，一姓之兴亡。""先生之著述，或有时而不章；先生之学说，或有时而可商，惟此独立之精神，自由之思想，历千万祀，与天壤而同久，共三光而永光。"可谓是知音之言。

王国维是一代学术大师，被誉为中国近三百年来学术的结束人，最近八十年来学术的开创者。如梁启超所说，"王国维的贡献，不是为中国所独有，而是全世界的。"王国维把主要精力放在了学术研究上，写词只是偶然为之。著有《宋元戏曲考》《观堂集林》《观堂长短句》等，以及著名词学理论批评著作《人间词话》，在词学上推崇李煜、冯延巳、周邦彦、辛弃疾等人的词作，排斥吴文英、张炎的雕琢字句，如在《人间词话序》中所言："于五代喜李后主、冯正中，于北宋喜永叔、子瞻、少游、美成，于南宋除稼轩、白石外，所嗜者鲜矣。尤痛诋梦窗、玉田，谓梦窗砌字，玉田垒句。一雕琢，一敷衍。其病不同，而同归于浅薄。六百年来词之不振，实自此始。"

蝶 恋 花

昨夜梦中多少恨。

细马香车①,两两行相近。

对面似怜人瘦损,众中不惜搴帷问②。

陌上轻雷听渐隐③。

梦里难从,觉后那堪讯④?

蜡泪窗前堆一寸,人间只有相思分。

注 释

① 细马:骏马。香车:用香木做的车,泛指华美的车或轿。
② 搴(qiān)帷:揭起帷幕。
③ 听渐隐:又作听隐磷。
④ 讯:问讯。

题 解

这首词通过写梦境中的相遇,与现实中的落寞相对比,形成一种极具反差的戏剧性。

赏 析

王国维自认为他的词中,能够达到意境两忘、物我一体的有三首。分别是《浣溪沙·天末同云黯四垂》《蝶恋花·百尺朱楼临大道》,还有这一首《蝶恋花·昨夜梦中多少恨》。开篇直奔主题,写昨夜梦里的景象,"细马香车,两两行相近。"骑着骏马的青年与华美车子里的女子相遇了。"对面似怜人瘦损,众中不惜搴帷问。"暗用北宋词人宋祁的典故,据《花庵词选》记载,宋祁有一次在路上遇见从皇宫来的一队车马,其中一个宫女掀开帘子,看到时任翰林学士的宋祁,便喊了一声"小宋"。宋祁回去后心情抑郁,写下《鹧鸪天》以抒怀:"画毂雕鞍狭路逢,一声肠断绣帘中。身无彩凤双飞翼,心有灵犀一点通。金作屋,玉为笼,车如流水马如龙。刘郎已恨蓬山远,更隔蓬山几万重。"这首词被广为传唱,以至传到宋仁宗的宫殿里。宋仁宗听说此事,不仅不怪罪,还将这名多情的宫女许配给了宋祁,并笑着说:"这下蓬山不远了。"这种艳遇是文人的臆想。王国维道出了皇帝赐婚、郎才女貌纯属一种梦幻。

下片"陌上轻雷听渐隐"化用自李商隐的《无题》"扇裁月魄羞难掩,车走雷声语未通"来说明梦境的渐行渐远。"梦里难从,觉后那堪讯?"从梦境转到现实,与梦中的富贵风流相比,现实中的景象是——"蜡泪窗前堆一寸,人间只有相思分。"只有窗前的蜡烛在风中摇曳,陋室清寒,书生寥落,人间没有艳遇,只有孤身相思的情分了。梦境与现实形成了强烈的对比反差,构思十分巧妙。

蝶 恋 花

百尺朱楼临大道①。
楼外轻雷，不问昏和晓。
独倚阑干人窈窕，闲中数尽行人小。

一霎车尘生树杪②。
陌上楼头，都向尘中老。
薄晚西风吹雨到，明朝又是伤流潦③。

注 释

① 百尺：十丈，虚指楼高。
② 树杪（miǎo）：树梢。
③ 流潦（lǎo）：地面流动的积水。

题 解

这首词颇富有哲理,通过对"楼头人"与"行人"生活的描写,来传达出作者的哲学观点与生命体验。

赏 析

整首词的叙述主体是"楼中的女子","百尺朱楼临大道。楼外轻雷,不问昏和晓。"这是一座看起来富丽而封闭的朱楼,青春是被压抑于层层帘幕下的,唯有那预示着期冀的轻雷声,打破一点昏晓的界限。"独倚阑干人窈窕,闲中数尽行人小。"当楼中的女子走出密室,带着满怀心事独倚栏杆,她唯有靠数着过往的行人来打发时间,而楼下匆匆而过的行人总没有她所等待的人。"一霎车尘生树杪。陌上楼头,都向尘中老。"作者想到,无论是路上的行人,还是楼中的红颜,都将会在这漫天的烟尘中老去了,这是芸芸众生的宿命。人们总会倾向于忘记死亡与老去是随时都会发生的。他们所注目的,永远是具体而琐屑的生活。"薄晚西风吹雨到,明朝又是伤流潦。"又是一夜秋雨,明天路上又会积满了泥水。楼头的女子会想到,这泥泞坎坷的路途,更会让她等待的人迟迟不来了。行人会抱怨这失修的路面,阻碍了他们的行程。

王国维对人生始终抱着一种悲悯的姿态,如他在《红楼梦评论》里所说:"人生之本质何?欲而已矣。人生者,如钟表之摆,实往复于苦痛与厌倦之间者也。故欲与生活,与苦痛,三者而一。"王国维在词中悟透了众生的苦难与惶惑,然而终是不肯忘情的。所以王国维才自称要以生活为炉,苦痛为炭,而铸其解脱之鼎。

樊增祥

樊增祥（1846—1931），字樊山，号云门，晚号天琴老人，湖北恩施人。光绪三年（1877）中进士，历任陕西宜川、渭南、咸宁、富平等地知县，陕西布政使、署理两江总督。辛亥革命爆发，避居上海。袁世凯执政时，官至参政院参政。晚年闲居北平，以诗酒自遣，曾为梅兰芳修改戏词而使之名扬天下。与海上遗老组诗社名"超社"。民国二十年（1931）病故。

樊增祥曾师事张之洞、李慈铭，为清末"同光派"代表诗人，诗词风格艳丽奇瑰，故有"樊美人"之称。又擅骈文，死后遗诗三万余首，并著有上百万言的骈文，堪称是中国近代文学史上一位不可多得的高产诗人。诗集有《云门初集》《北游集》《东归集》《涉江集》《关中集》等50余种，后皆收入《樊山全书》。词集有《五十麝斋词赓》，亦收入《全书》。

菩 萨 蛮

人言灞水清如剑①，离肠总到桥边断。
柳弱不胜蝉，夕阳青可怜。

霸城门外路②，那是灵和树③。
残月晓风时，微寒马上知。

注 释

① 灞水：古名滋水，春秋时秦穆公称霸西戎以后改滋水为霸水，后改字灞水。秦汉之世，灞水上架木桥，名之灞桥。唐时于灞桥旧处置驿，名滋水驿，也称灞亭。往来长安行旅，多在灞亭迎送。
② 霸城门：汉代长安城东城门名。《三辅黄图·都城十二门》载："长安城东出南头第一门曰霸城门，民见门色青，名曰青城门，或曰青门。"
③ 灵和：代指柳树。灵和，原为南朝齐武帝时所建殿名，植柳千行。

题 解

樊增祥曾在西安做官多年,这首词通过多种富有历史蕴意的长安意象,写作者心中的离愁与别绪。

赏 析

作者曾在陕西做官多年,此词大略写于这一时期。作者诗学晚唐,此词则颇有宋词清切婉丽之味。"人言灞水清如剑,离肠总到桥边断。"一开篇即云"人言",点出灞桥折柳送别的主题,以"如剑"之清光水波,斩断送别之离肠,别意凛凛,则不可谓不形象逼肖。"柳弱不胜蝉,夕阳青可怜。"描写柳枝无力、蝉声凄鸣、夕阳日色、青山隐隐等一系列凄楚萧瑟的景象,渲染出离愁别绪的浓重深切。

"霸城门外路,那是灵和树。"下阕则专写灞桥烟柳,先点出所植之地——霸城门外路上。"残月晓风时,微寒马上知。"化用自宋代词人柳永的《雨霖铃》"今宵酒醒何处?杨柳岸、晓风残月"词意,描绘残月晓风烟柳之时,点出了"微寒"的气候,则不仅写天气微冷,亦言离别之伤痛。而自从李白写下《忆秦娥》:"年年柳色,灞陵伤别。"长安霸陵(灞陵)、灞桥就拥有着丰富的象征性,作为离别的一个符号被不同时空的诗人抒写着,而历久弥新。

陈曾寿

陈曾寿（1878—1949），字仁先，号耐寂、复志、焦庵，自称苍虬居士，湖北蕲水（今湖北浠水）人。生于光绪四年（1878），幼承家学，曾祖父陈沆状元及第，也是嘉庆、道光年间著名诗人，著有《简学斋诗集》《诗比兴笺》。光绪二十九年（1903）进士，历任刑部主事、学部郎中、都察院广东监察御史。清朝灭亡后成为遗老，筑室于杭州小南湖，奉母养老。陈曾寿中年以后历经丧乱，愤懑抑郁，性情高洁，晚年独居上海斗室之中，终日只焚香默坐，一九四九年农历七月去世。

陈曾寿的诗颇有盛名，与陈三立、陈衍并称为海内三陈。陈曾寿至四十岁始写词，六十岁时，经亲朋好友合力刊为《苍虬阁诗》十卷，其中有《旧月簃词》一卷，后来又刻入《沧海遗音集》。陈曾寿词虽不多，而堂庑尤大，朱祖谋、陈寅恪等著名学者都对他推崇备至。如叶恭绰在《广箧中词》中所评价："仁先写情寓感，骨采骞腾，并世殆罕俦匹，所谓文外独绝也。"

八声甘州

十月返湖庐，晚菊尚余数种，幽媚可怜。

慰归来、岁宴肯华予①，寒芳靓幽姿。
剩青霞微晕，残妆乍整，仍自矜持。
休更销魂比瘦，惆怅易安词②。
洁白清秋意，九辩难知③。

我是辞柯落叶，任飘零逝水，不忆东篱④。
早芳心委尽，翻怯问佳期。
看灯窗、疏疏写影，算一年、今夜好秋时。
平生恨，尽凄迷了，莫上修眉⑤。

注　释

① 岁宴肯华予：出自战国屈原《楚辞·九歌》中的《山鬼》："留灵修兮憺忘归，岁既晏兮孰华予。"相传是战国时期楚国大诗人屈原在民间祭祀乐舞歌辞的基础上改编而成。晏，晚。华，通"花"。
② 易安词句：出自宋代李清照的《醉花阴》："莫道不销魂，帘卷西风，人比黄花瘦。"
③ 九辩：战国时期楚国宋玉所作的一篇抒情长诗，收录于《楚辞》之中。
④ 东篱：栽种菊花的地方，也泛指隐士的居所。晋代陶渊明《饮酒·其五》："采菊东篱下，悠然见南山。"
⑤ 修眉：长长的眉毛。三国曹植《洛神赋》："云髻峨峨，修眉联娟。"

题　解

这是一首咏菊词,作者于农历十月,看到暮秋时节的晚菊仍有"幽媚可怜"之姿,并借此抒发自我胸中的"芳洁之怀"。

赏　析

"慰归来、岁宴肯华予",化用自楚辞中的名篇《山鬼》,意为岁月流逝匆匆,谁能始终保持如花般的容颜呢?只余下"青霞微晕,残妆乍整"。"休更销魂比瘦,惆怅易安词。"化用自宋代李清照《醉花阴》:"莫道不销魂,帘卷西风,人比黄花瘦。""洁白清秋意,九辩难知。"楚国宋玉《九辩》"悲哉秋之为气也!萧瑟兮草木摇落而变衰"被誉为"千古言秋之祖"。过片"我是辞柯落叶,任飘零逝水,不忆东篱","我"既是作者代晚菊自陈心迹,又是作者之自述——"早芳心委尽,翻怯问佳期。"歇拍"平生恨,尽凄迷了,莫上修眉"感慨遥深。整首词多使用《离骚》《楚辞》中的语汇和典故,显得气貌高古,深具比兴寄托之风味。如叶恭绰在《广箧中记》中评价道:"芳洁之怀,上通骚、雅。"

陈洵

陈洵（1871—1942），字述叔，别号海绡，广东新会（今属广东江门）人。陈洵少有才思，早年游历江西十余年，晚年执教广州中山大学。三十岁以后才学习作词，于词推崇清真、稼轩、梦窗。陈洵性格孤傲，与当时著名诗人黄节友善。番禺梁鼎芬将陈洵的词与黄节的诗并列，称之为"陈词黄诗"。当时的词坛盟主朱祖谋见其词大为赞许，称赞陈洵与况周颐是"并世两雄，无与抗手"，陈洵由此名扬词坛。其所著《海绡词》集共四卷，均由朱祖谋为之出资刊行，并题句推扬道："雕虫手，千古亦才难。新拜海南为上将，试要临桂角中原，来者孰登坛？"陈洵现存有《海绡词》四卷，共收词作218阕。词论著作有《海绡说词》，收入唐圭璋所编的《词话丛编》中。

霜花腴

九日,独游西郭废园[1]。

绣篱淡菊,怨粉烟,无人漫理秋妆。
廊断蜂喧,渚清禽睇[2],一般为了重阳。
醉题懒商。怕旧情、无此凄凉。
记年时、梦落家园,种花招蝶展寒塘。

曾约翠微高处[3],叹危梯百尺,暗蘸愁觞。
悬酒车遥[4],停云歌尽[5],孤游自力能强。
待寻钓梁[6]。只未成、归隐江乡。
向宵深、照野星河,下鸿犹带霜。

注释

[1] 九日:即农历九月九日重阳节。
[2] 睇(dì):注视。
[3] 翠微:泛指青山。唐代杜牧《九日齐山登高》:"江涵秋影雁初飞,与客携壶上翠微。"
[4] 悬酒车遥:悬挂酒的车子。唐代李白《襄阳歌》:"车傍侧挂一壶酒,凤笙龙管行相催。"
[5] 停云歌尽:晋代陶渊明《停云》诗:"霭霭停云,濛濛时雨。"诗序称"停云,思亲友也",故后世多用"停云"作思亲友之意。
[6] 钓梁:泛指归隐的地方。

题 解

这首词写重九之时,作者独游一处被废弃的园子,不禁油然而生思乡之情和身世之感。

赏 析

朱祖谋认为陈洵是学吴文英最好的词人,"最能得梦窗词真谛",这不仅体现在对梦窗词字句的化用上,更是一种章法上的继承。这首《霜花腴》就鲜明地体现出陈洵对梦窗词的继承与熔铸。"绣篱淡菊,怨粉烟,无人漫理秋妆。"写菊花的姿态,"粉烟"与"秋妆"都是化用自梦窗词。菊花是重阳节之佳品,更象征着隐逸的情趣。"廊断蜂喧,渚清禽睇,一般为了重阳"则写园中的其他物象以烘托重阳节的氛围。"醉题懒商。怕旧情、无此凄凉。"意为独游的情绪无人可以共赏,只能自己体味。"记年时、梦落家园,种花招蝶展寒塘。"写作者的思乡之情,"种花招蝶"的温馨回忆与目前的凄冷孤独形成了鲜明的对比。

"曾约翠微高处,叹危梯百尺,暗蘸愁觞。"化用自吴文英《霜叶飞》:"但约明年,翠微高处。""悬酒车遥,停云歌尽,孤游自力能强。"意为等待亲友一同游赏已是遥不可及,不如独游一番也可尽兴。"待寻钓梁。只未成、归隐江乡。"写作者恨不得能够归隐故乡以了此残生。"向宵深、照野星河,下鸿犹带霜。"以景作结,意境尤为壮大,整首词语言含蓄蕴藉,词意一步一转,极尽沉郁苍凉之情事。

黄遵宪

　　黄遵宪（1848—1905），字公度，广东嘉应州（今广东梅州）人。光绪二年（1876）举人，光绪三年（1877）至二十年（1894）间，前后十四年出使国外，这种"足遍五洲"的经历使黄遵宪得以亲眼目睹欧美国家的发展、富强和文明，促使他形成了学习西方、变革中国的思想。回国后，光绪二十二年（1896）七月，黄遵宪参与创办《时务报》。次年，授湖南长宝盐法道职，署湖南按察使，辅佐湖南巡抚陈宝箴进行维新变法活动。光绪二十四年（1898）八月，政变发生，黄遵宪亦遭株连，在英、日在华机构及地方官员的保护下，得以放归乡里。此后黄遵宪里居不出，论学著述。光绪三十一年（1905），以肺疾卒于家。有《日本国志》《日本杂事诗》《人境庐诗草》《人境庐集外诗辑》等行世，今人辑有《黄遵宪全集》。黄遵宪词亦如诗，以旧格律写新风格，为晚清词坛如金天羽、黄人、李叔同等人开词界之新风气。

双双燕

题潘兰史《罗浮纪游图》①。兰史所著《罗浮游记》，引陈兰甫先生"罗浮睡了"一语②，便觉有对此茫茫，百端交集之感。先生真能移我情矣。辄续成之。狗尾之诮③，不敢辞也。又兰史与其夫人旧有偕隐罗浮之约，故"凤鬟"句及之。

罗浮睡了，试召鹤呼龙④，凭谁唤醒？
尘封丹灶⑤，剩有星残月冷。
欲问移家仙井⑥，何处觅、凤鬟雾鬓⑦？
只应独立苍茫⑧，高唱万峰峰顶。

荒径。蓬蒿半隐⑨。
幸空谷无人⑩，栖身应稳。
危楼倚遍⑪，看到云昏花暝⑫。
回首海波如镜，忽露出、飞来旧影。
又愁风雨合离，化作他人仙境。

注　释

① 潘兰史：即潘飞声，字兰史，广东番禺人，南社成员。长于诗词书画，善行书，善画折枝花卉。著有《说剑堂诗集》《说剑堂词集》《在山泉诗话》。

② 罗浮睡了：出自陈澧句。陈澧，字兰甫。据潘飞声自注："昔在菊坡精舍，听陈兰甫先生话罗浮之游，云仅得'罗浮睡了'四字。"罗浮山在今广东省东江北岸。

③ 狗尾：即狗尾续貂，作者自谦之词。

④ 召鹤呼龙：罗浮山有白鹤观、黄龙观等名胜古迹。亦指呼唤进步人物的出现。

⑤ 丹灶：据《晋书·葛洪传》记载，东晋时葛洪在罗浮山修道炼丹，留下了炼丹的炉灶。在惠州市罗浮山东麓冲虚古观侧。

⑥ 仙井：罗浮山上冲虚观内的长生井，传说葛洪曾饮此井水。今已无处可寻。

⑦ 风鬟雾鬓：唐代李朝威《柳毅传》："见大王爱女牧羊于野，风鬟雾鬓。"宋代李清照《永遇乐》："如今憔悴，风鬟雾鬓，怕见夜间出去。"

⑧ 独立苍茫：唐代杜甫《乐游园歌》："此身饮罢无归处，独立苍茫自咏诗。"潘飞声自号独立山人。

⑨ 蓬蒿：用张仲蔚典故，晋代皇甫谧《高士传》："张仲蔚者，平陵人也。与同郡魏景卿俱修道德，隐身不仕。明天官博物，善属文，好诗赋。常居穷素，所处蓬蒿没人。"

⑩ 空谷：唐代杜甫《佳人》："绝代有佳人，幽居在空谷。"暗合潘飞声之字兰史。

⑪ 危楼：高楼。

⑫ 云昏花暝：宋代史达祖《双双燕》："红楼归晚，看足柳昏花暝。"

题 解

这是一首题画词,作者看到潘飞声一幅《罗浮纪游图》,那宛如沉睡的罗浮山不禁勾起了作者对当下中国处境的思索与哀叹,忧国忧民、感时伤事的情绪流露于笔端。

赏 析

"罗浮睡了,试召鹤呼龙,凭谁唤醒?"沉睡的罗浮山是古老中国的象征,中国被西方人比喻为一只沉睡的雄狮,不知何时才能苏醒。"尘封丹灶,剩有星残月冷。"写图画中的情景,往日繁华的道观如今只剩下了一弯残月,几点残星,十分冷寂。"欲问移家仙井,何处觅、风鬟雾鬓?"指潘飞声夫妇曾有共同归隐罗浮山之约。"只应独立苍茫,高唱万峰峰顶。""独立苍茫"既切合潘飞声之号("独立山人"),又是作者设想友人在万山峰顶独立的飘渺情景。

"荒径。蓬蒿半隐。幸空谷无人,栖身应稳。"据说孔子经过隐谷时,看到香兰茂盛,于是作《幽兰操》。"空谷"代指兰,又暗合潘飞声兰史之字。"危楼倚遍,看到云昏花暝。""危楼"亦是正处在风雨飘摇危险境地的中国之象征,"云昏花暝"比喻在列强环绕下中国黯淡无光的前景。"回首海波如镜,忽露出、飞来旧影。"罗浮山本分为两山,浮山从海外飘来,与罗山合为一山。作者幻想中忽然显露的旧影,也指大好山河本来如此多娇,如今却面临着分崩离析、四分五裂的险境。"又愁风雨合离,化作他人仙境。"罗浮山如今似乎也在风雨摧残下若隐若现,再次分离,离开祖国的怀抱,飘向他国的仙境,暗喻清政府在列强侵略下,割让领土求和的卑劣行径。表达了词人对时局艰危的担忧。

钱仲联先生评价这首词道:"借风雨离合之境,寄禹域瓜剖之忧,真不愧为'独立苍茫,高唱万峰峰顶'之狮子吼。纷纷学五代,学周、吴之作,一禅杖扫空之矣。"词作寄托遥深,写景状物间感慨系之。将稼轩之沉着、东坡之超逸、白石之清刚,熔于一炉。黄遵宪是"诗界革命"的领袖,这首词作亦可视为其"词界革命"的代表性篇章。著名诗人丘逢甲亦有同题诗作:"各思圈地逞势力,此邦多宝尤觊觎……题君此图正风雨,想见罗浮离合云模糊。"较之黄遵宪词作更为直抒胸臆,题旨显豁,可以对照参看。

谭嗣同

谭嗣同（1865—1898），字复生，号壮飞，湖南浏阳人。是中国近代资产阶级著名的政治家、思想家，维新志士。他主张中国要强盛，只有发展民族工商业，学习西方资产阶级的政治制度。公开提出废科举、兴学校、开矿藏、修铁路、办工厂、改官制等变法维新的主张。写文章抨击清政府的卖国投降政策。1898年参加领导戊戌变法，失败后被杀，年仅三十三岁，与康广仁、林旭、杨深秀、杨锐、刘光第同列为戊戌六君子。谭嗣同死前感叹道："有心杀贼，无力回天。死得其所，快哉快哉。"据说留下绝命诗《狱中题壁》："望门投止思张俭，忍死须臾待杜根。我自横刀向天笑，去留肝胆两昆仑。"谭嗣同于文学观上主张写作一些反映自己思想观点的"新学诗"，企图借助新的学术资源即西方文化改变文学在内容上的方向。这些诗仍是传统体式，但充满了"新名词"，代表作品有《仁学》《寥天一阁文》《莽苍苍斋诗》《远遗堂集外文》等。梁启超《饮冰室词话》："谭浏阳志节学行思想为我国二十世纪开幕第一人，不待言矣。其诗亦独辟新界而渊含古声。"

望 海 潮

自题小影

曾经沧海①，又来沙漠，四千里外关河。
骨相空谈②，肠轮自转③，回头十八年过。
春梦醒来么④？
对春帆细雨，独自吟哦。
惟有瓶花，数枝相伴不须多。

寒江才脱渔蓑⑤。
剩风尘面貌⑥，自看如何？
鉴不因人⑦，形还问影⑧，岂缘醉后颜酡⑨？
拔剑欲高歌⑩。
有几根侠骨，禁得揉搓？
忽说此人是我，睁眼细瞧科⑪。

注　释

① 曾经沧海：化用自唐代诗人元稹《离思》："曾经沧海难为水，除却巫山不是云。"
② 骨相：人的体格状貌，古人常以此估测一个人的前程后事，如《东观汉记》记载相者认为班超是万里侯相。
③ 肠轮自转：古乐府《古歌》："心思不能言，肠中车轮转。"
④ 春梦：用"春梦婆"典故，宋代苏轼《被酒独行遍至子云威徽先觉四黎之舍》："投梭每困东邻女，换扇唯逢春梦婆。"据宋代赵令畤《侯鲭录》记载：东坡在昌化，负大瓢行歌田间。老姥绩谓曰："内翰昔时富贵，一场春梦。"东坡然之。里人因呼为春梦婆。
⑤ 寒江：化用自唐代诗人柳宗元《江雪》："孤舟蓑笠翁，独钓寒江雪。"
⑥ 风尘：唐代杜牧《自贻》："到骨是风尘。"罗隐《途中送人东游》："此处故交谁见问，为言霜鬓压风尘。"
⑦ 鉴：镜子。
⑧ 形还问影：晋代诗人陶渊明有三首《形赠影》《影答形》《神释》，总称为《形影神诗三首》。
⑨ 颜酡：饮酒脸红。明代周履靖《拂霓裳·和晏同叔》词："金尊频劝饮，俄顷已酡颜。"
⑩ 拔剑句：化用自唐代杜甫《短歌行》："王郎酒酣拔剑斫地歌莫哀，我能拔尔抑塞磊落之奇才。"
⑪ 科：即科介，古典戏剧中表示动作的用词。

题 解

这首词作于光绪八年壬午（1882），据谭嗣同在《石蜀影庐笔识之五十》说："性不喜词，以其靡也。忆十八岁作《望海潮》词自题小照，尚觉微有气骨。"当时作者正在甘肃兰州，题此词在照片上以表达个人的决心志向，这也是谭嗣同仅存的一首词作。

赏 析

谭嗣同不以作诗填词为重，偶尔为之也是为了抒发抱负。写下这首词时，他不过十八岁，字里行间却充盈着一种磊落光明的气质。"曾经沧海，又来沙漠，四千里外关河。"谭嗣同是湖南人，小时居住在北京，十三岁随父亲谭继洵至甘肃巩秦阶道任所。十五岁回到湖南浏阳从师读书两年多，又返回西北，故云"又来沙漠"。"骨相空谈，肠轮自转，回头十八年过。"作者此时年方十八岁，渴望着以自己的才华来改造拯救处于水深火热的中国。"鉴不因人，形还问影，岂缘醉后颜酡？拔剑欲高歌"点明"自题小影"的题旨，"拔剑高歌"直接抒发了改造社会与国家的情怀。"有几根侠骨，禁得揉搓？忽说此人是我，睁眼细瞧科。""几根侠骨"是作者不甘心作亡国之民的不平之气，体现了处在时代变迁中的青年人的心态，也是作者在觉醒之后自我形象的写照。谭嗣同在甲午战争后，提倡新政，成为湖南地区维新运动的中坚。整首词作可谓是颇有气骨，表现了一个维新志士的情怀与志向。

梁启超

梁启超（1873—1929），字卓如，号任公，别号沧江，又号饮冰室主人。广东新会（今属广东江门）人。光绪十五年（1889）举人。拜康有为为师，学习维新变法思想。光绪二十二年（1896）参与创办《时务报》，任中文总撰述。光绪二十四年（1898）入京参与"百日维新"，政变失败后逃亡日本，于日本创办《清议报》《新民丛报》《新小说》等，传播新知，开启民智。民国建立后归国，出任共和党党魁，又创立进步党，任北洋政府司法总长。后参与段祺瑞军讨伐张勋复辟，任段祺瑞政府财政总长。1918年底以后，退出政坛，潜心教育和学术，晚年讲学清华国学研究院。光绪年间，梁启超首倡诗界革命、文界革命、小说界革命，民国后跟随陈衍、赵熙学诗，学杜甫与宋人诗，为"同光体"张目。梁启超一生著述极丰，其作品在他去世后辑成《饮冰室合集》刊行，今人又补辑成《饮冰室合集集外文》。其他还有康有为手批《梁任公诗稿手迹》《饮冰室词》。

贺 新 郎

昨夜东风里。
忍回首、月明故国①，凄凉到此。
鹈首赐秦寻常梦②，莫是钧天沈醉③。
也不管、人间憔悴。
落日长烟关塞黑④，望阴山、铁骑纵横地⑤。
汉帜拔⑥，鼓声死⑦。

物华依旧山河异。
是谁家、庄严卧榻，尽伊鼾睡⑧。
不信千年神明胄⑨，一个更无男子⑩。
问春水、干卿何事⑪。
我自伤心人不见，访明夷、别有英雄泪⑫。
鸡声乱⑬，剑光起。

注　释

① 月明故国：南唐李煜《虞美人》："故国不堪回首月明中。"
② 鹑（chún）首：指秦地，汉代张衡《西京赋》："昔者大帝悦秦缪公而觐之，飨以钧天广乐，帝有醉焉，乃为金策，锡用此土，而剪诸鹑首。"
③ 钧天：代指仙境与仙乐，据《史记·赵世家》记载："赵简子疾，五日不知人……居二日半，简子寤。语大夫曰：'我之帝所甚乐，与百神游于钧天，广乐九奏万舞，不类三代之乐，其声动人心。'"
④ 落日长烟：宋代范仲淹《渔家傲》："千嶂里，长烟落日孤城闭。"关塞黑：唐代杜甫《梦李白》："魂来枫林青，魂返关塞黑。"
⑤ 阴山：位于内蒙古自治区南境，东北接连内兴安岭。唐代王昌龄《从军行》："但使龙城飞将在，不教胡马度阴山。"铁骑：军队，《后汉书·公孙瓒传》："且厉三千铁骑于北隰之中。"
⑥ 汉帜：《史记·淮阴侯列传》："拔赵帜，立汉赤帜。"
⑦ 鼓声死：唐代常建《吊王将军墓》："军败鼓声死。"
⑧ 鼾睡：宋代岳珂《桯史》："其后，王师征包茅于煜，骑省复将命请缓师，其言累数千言，上谕之曰：'不须多言，江南亦何罪？但天下一家，卧榻之侧，岂容他人鼾睡耶！'"
⑨ 神明胄：指华夏子孙，圣人后裔。
⑩ 一个句：据宋代陈师道《后山诗话》记载，后蜀亡国后，花蕊夫人有诗："君王城上竖降旗，妾在深宫那得知。十四万人齐解甲，更无一个是男儿。"
⑪ 问春水句：《南唐书·冯延巳传》："元宗尝戏延巳曰：'吹皱一池春水，干卿何事？'"
⑫ 明夷：六十四卦之一，即离下坤上。《周易·明夷》："明夷，利艰贞。"比喻遭受艰难的贤人志士。黄宗羲有《明夷待访录》。英雄泪：宋代辛弃疾《水龙吟·登建康赏心亭》："红巾翠袖，揾英雄泪。"
⑬ 鸡声：即闻鸡起舞典故，《晋书·祖逖传》："祖逖与司空刘琨俱为司州主簿，情好绸缪，共被同寝。中夜闻荒鸡鸣，蹴琨觉曰：'此非恶声也。'因起舞。"

题 解

这首词作于光绪二十八年（1902），即辛丑条约签订后一年，中国正处在被列强瓜分的危险境地。梁启超此时在日本横滨，也不免忧心如焚，写下这首词表达对国事的牵念与对清廷的愤慨。

赏 析

梁启超在维新运动失败后逃亡日本，依然在为救亡图存进行着不懈努力，"昨夜东风里。忍回首、月明故国，凄凉到此。"当时清政府已经名存实亡，列强割据，中国已经到了亡国的悬崖边上。作者远在千里之外，不禁悲愤不已。"鹑首赐秦寻常梦，莫是钧天沈醉。也不管、人间憔悴。""钧天沈醉"是对醉生梦死、腐朽昏聩的清政府的讽刺与抨击，清政府为了维护自身的利益与统治，与列强签订了众多不平等条约，割让领土，赔偿白银，将战败的重担压在人民身上。"落日长烟关塞黑，望阴山、铁骑纵横地。"作者想象着在辽阔的阴山脚下与大漠关塞，昔日的烽火狼烟悄然熄灭，一任列强的铁骑纵横。

"物华依旧山河异。是谁家、庄严卧榻，尽伊鼾睡。"宋太祖赵匡胤曾经说："卧榻之侧，岂容他人鼾睡。"如今清政府不仅一任列强酣睡于华夏，更是将大好领土拱手让人，对比历史雄主，这是多么讽刺的一笔啊！"不信千年神明胄，一个更无男子。"作者痛心疾首地感慨道，滔滔千年古国，难道就没有一个真正的英雄人物出来拯救国运与人民吗？"我自伤心人不见，访明夷、别有英雄泪。"这一句是作者的心迹自陈，他决心与仁人志士们一道，为救亡图存而奋斗拼搏。"鸡声乱，剑光起"是作者心中战斗的图景，抒发了救国的决心。词作感情激荡浓烈，议论深警，一个忧国忧民、誓与华夏共存亡的爱国志士形象跃然纸上，令人深深为之感动。

暗 香

延平王祠古梅,相传王时物也①。

东风正恶②。
算几回吹老,南枝残萼③。
水浅月黄④,长是先春自开落。
二百年前旧梦,早冷却、栖香罗幕⑤。
但剩得、片片倩魂⑥,和雪渡溪舸⑦。

依约。
共瘦削。
便撩乱乡愁⑧,驿使难托⑨。
鸾笺罢写⑩,闲煞何郎旧池阁⑪。
休摘苔枝碎玉⑫。
怕中有、归来辽鹤⑬。
万一向、寒夜里,伴人寂寞。

注　释

① 延平王祠：台湾纪念明末民族英雄郑成功的祠庙，在台湾台南市东。郑成功被永历帝封为延平郡王，以金门、厦门为根据地进行反清复明斗争。1661年率舰队渡海到台湾，驱逐侵占台湾的荷兰殖民者，收复全岛。延平郡王祠内后庭中有古梅一株，相传是郑成功手植。

② 东风正恶：宋代陆游《钗头凤》："东风恶，欢情薄。"

③ 南枝：借指梅花。宋代苏轼《次韵苏伯固游蜀冈送李孝博奉使岭表》："愿及南枝谢，早随北雁翩。"王文诰注曰："南枝，梅也。"

④ 水浅句：宋代林逋《山园小梅》："疏影横斜水清浅，暗香浮动月黄昏。"

⑤ 栖香罗幕：宋代史达祖《双双燕》："应自栖香正稳。便忘了、天涯芳信。"

⑥ 倩魂：少女的离魂，比喻梅花。

⑦ 彴（zhuó）：独木桥。

⑧ 便撩乱句：唐代杜甫《和裴迪登蜀州东亭送客逢早梅相忆见寄》诗："幸不折来伤岁暮，若为看去乱乡愁。"

⑨ 驿使：南朝盛弘之《荆州记》："陆凯与范晔相善，自江南寄梅花一枝，诣长安与晔，并赠花诗曰：'折花逢驿使，寄与陇头人。江南无所有，聊寄一枝春。'"后因以"驿使梅花"表示对亲友的问候及思念。

⑩ 鸾笺：华贵的纸张。

⑪ 闲煞：宋代陆游《钗头凤》："桃花落，闲池阁。山盟犹在，锦书难托。"何郎：南朝诗人何逊。曾作《扬州早梅》："应知早飘落，故逐上春来。"唐代杜甫《和裴迪登蜀州东亭送客逢早梅相忆见寄》："东阁官梅动诗兴，还如何逊在扬州。"

⑫ 苔枝碎玉：宋代姜夔《疏影》："苔枝缀玉，有翠禽小小。"

⑬ 辽鹤：晋代陶潜《搜神后记》卷一记载，辽东人丁令威，学道后化鹤归辽，徘徊空中而言曰："有鸟有鸟丁令威，去家千年今始归。城郭如故人民非，何不学仙冢累累。"后以"辽鹤"代指沧海桑田，世事巨变。

题　解

1895年清政府与日本签订中日《马关条约》，将台湾与澎湖列岛割让给日本。宣统三年辛亥（1911），流亡日本的梁启超应友人之邀游览台湾，参观了民族英雄郑成功的延平郡王祠，借咏梅抒发对郑成功的怀念与敬仰之情，以及祖国领土被日本强占的悲痛伤感。

赏　析

历代咏梅词数不胜数，本来已经很难写出新意，梁任公这首咏梅词却因与民族英雄郑成功以及家国情怀发生了联系，既是写梅，更是写人，显得精神超远，独树一帜。"东风正恶。算几回吹老，南枝残萼。"作者面对的梅树时间久远，承载了厚重的历史记忆，面对着这一株梅树，仿佛在听它诉说着岁月的沧桑。"水浅月黄，长是先春自开落。"写梅树生长的环境，疏影横斜，淡月清水，十分幽静。"二百年前旧梦，早冷却、栖香罗幕。"据郑成功种下这株梅树，至今已经二百年了。当年郑成功将台湾从荷兰侵略者手中收复，谁料如今又受日本殖民统治。"但剩得、片片倩魂，和雪渡溪彴。"台湾已非故土，只剩下梅花片片倩魂在月夜飘向遥远的祖国。

"依约。共瘦削。便撩乱乡愁，驿使难托。"作者想象梅花若有知，亦会因山河破碎而悲痛，纵然想借驿使寄回一枝梅花聊表思念，也是不可能的了。"鸾笺罢写，闲煞何郎旧池阁。"想到此处，作者已是哽咽难言，手中的笔再难提起了，只凝望着瓣瓣琼枝碎玉暗自伤神。"休摘苔枝碎玉。怕中有、归来辽鹤。万一向、寒夜里，伴人寂寞。"不要去摘枝上梅花了，万一梅花之魂像华表归鹤（唐刘禹锡《步虚词》："华表千年一鹤归，凝丹为顶雪为衣。"）一样归来呢？可纵然香魂空返，又有谁肯怜惜？一个醉生梦死的清廷，哪管得领土痛失呢？结尾的意境十分空阔辽远，始终扣住写梅的主题，又不黏不脱，寄托了深沉的家国情怀与对英雄郑成功的追思。

秋瑾

秋瑾（1875—1907），初名闺瑾，乳名玉姑，字璿卿，号旦吾，后改名瑾，字竞雄，号鉴湖女侠，浙江山阴（今浙江绍兴）人。出生于福建省。秋瑾十八岁时，嫁给湖南商人王廷钧，1898年王廷钧捐得户部主事之职，秋瑾跟随丈夫到了北京。在寓京期间她接受了新思想、新文化，并在当时的革命形势影响下，立志要挽救国家民族的危亡，要求妇女独立与解放。1904年春，秋瑾离开了共同生活八年的丈夫，把儿女送回绍兴娘家交母亲照养，她只身东渡日本。在日本她结识了陈天华等进步人士，并加入了同盟会，得到孙中山的器重，派她回国策动推翻腐朽清王朝的革命工作。1907年7月6日，徐锡麟在安庆起义失败，秋瑾受牵连被捕。1907年7月15日凌晨，从容就义于绍兴轩亭口，年仅三十二岁，死前手书"秋风秋雨秋煞人"。秋瑾提倡女权女学与妇女解放，是中国女权和女学思想的倡导者、近代民主革命志士，为辛亥革命做出了巨大贡献。著作留有《秋瑾诗词》《秋女士遗稿》《秋女烈士遗稿》《秋瑾集》，其中存词三十八首。

满 江 红

小住京华①，早又是，中秋佳节。

为篱下，黄花开遍，秋容如拭。

四面歌残终破楚②，八年风味独思浙。

苦将侬，强派作蛾眉③，殊未屑。

身不得，男儿列。

心却比，男儿烈。

算平生肝胆，因人常热。

俗夫胸襟谁识我，英雄末路当磨折。

莽红尘，何处觅知音，青衫湿④。

注 释

① 京华：指京城。
② 四面歌残：即四面楚歌之典，出自《史记·项羽本纪》："项王军壁垓下，兵少食尽，汉军及诸侯兵围之数重。夜闻汉军四面皆楚歌。"
③ 蛾眉：蚕蛾触须细长而弯曲，比喻女子美丽的眉毛。后作为女子的代称。
④ 青衫湿：唐代白居易《琵琶行》："座中泣下谁最多，江州司马青衫湿。"后来用以代指失意志士。

题　解

这首词作于1903年中秋节，时值八国联军侵华不久。秋瑾痛心于民族危机的深重和清政府的腐败，决心献身救国事业，而其丈夫却是个昏聩平庸、无心国事之人。秋瑾与丈夫王廷钧发生矛盾，遂离家出走，寓居北京阜城门外泰顺客栈。后虽由吴芝瑛出面调解，但秋瑾已经决定冲破家庭牢笼，投身革命。不久后，便东渡日本留学了。这首词可视作她临行前的述怀之作。

赏　析

"小住京华，早又是，中秋佳节。"写此时正值中秋佳节，秋瑾寄寓北京。"四面歌残终破楚，八年风味独思浙。"国家局势已经是"四面楚歌"，寄居北京八年了，在中秋佳节之时，作者更加思念故乡浙江。"苦将侬，强派作蛾眉，殊未屑。"秋瑾不愿以弱女子自居，故不屑于作一个只能相夫教子的"蛾眉"。"身不得，男儿列。心却比，男儿烈。"可谓鉴湖女侠秋瑾的自我形象的写照，"身"与"心"、"列"与"烈"，运用这两组谐音而不同义的句子，更强烈地表达出作者要求女性解放与男女平等的愿望。"俗夫胸襟谁识我，英雄末路当磨折。""俗夫"当是指她的丈夫，秋瑾的高远志向不能被身为浪荡公子的丈夫所理解。有一次秋瑾穿着男装独自去看戏，回来竟遭丈夫的毒打。于是秋瑾决心离开家庭的束缚，赴日本留学。秋瑾并非以诗词为业，词只是她抒发心志的一个工具，她心中慷慨激昂的豪情与词牌《满江红》激烈拗怒的声情相应，共同催生了这首英雄主义的战歌。

望 海 潮

送陈彦安、孙多琨二姊回国

惜别多思,伤时有泪,内绌外侮交讧①。
世局堪惊,前车可惧②,同胞何事懵懵?
感此独心忡③。
羡中流先我④,破浪乘风⑤。
半月比肩,一时分手叹匆匆。

从今劳燕西东⑥,算此行归国,立起疲癃⑦。
智欲萌芽,权犹未复,
期君力挽颓风,化痼学应隆。
仗粲花莲舌⑧,启瞆振聋。
唤起大千姊妹,一听五更钟⑨!

注 释

① 内讧外侮：即内忧外患。
② 前车：即前车之鉴，以往的失败可以当做现在的教训。出自《荀子·成相篇》："患难哉！阪为先，圣知不用愚者谋。前车已覆，后未知更何觉时？不觉悟，不知苦，迷惑失指易上下。中不上达，蒙掩耳目塞门户。"
③ 忡：忧虑。
④ 中流：晋代祖逖率师北伐，渡江于中流，敲击船桨立下誓言，不清中原不罢休。出自《晋书·祖逖传》："仍将本流徙部曲百余家渡江，中流击楫而誓曰：'祖逖不能清中原而复济者，有如大江！'辞色壮烈，众皆慨叹。"
⑤ 破浪乘风：用宗悫"乘风破浪"的典故，出自《宋书·宗悫传》："宗悫字元幹，南阳人也。叔父炳，高尚不仕。悫年少时，炳问其志，悫曰：'愿乘长风破万里浪。'"
⑥ 劳燕：劳，伯劳，鸟名。后以"劳燕分飞"比喻别离。出自《乐府诗集·杂曲歌辞》："东飞伯劳西飞燕，黄姑织女时相见。"
⑦ 疲癃（lóng）：曲腰高背之疾，泛指年老多病或年老多病之人。典故出自《后汉书·殇帝纪》："疲癃羸老，皆上其名。"
⑧ 粲花莲舌：比谓言论典雅隽妙，有如明丽的春花。出自五代王仁裕《开元天宝遗事·粲花之论》："李白有天才俊逸之誉，每与人谈论，皆成句读，如春葩丽藻，粲於齿牙之下，时人号曰李白粲花之论。"
⑨ 五更钟：比喻国家兴亡的前兆。据《宋史·五行志》记载，宋代开国初期就有"寒在五更头"的民谣，后人认为"五更"谐音"五庚"，预兆宋朝将在第五个庚申之后终止。

题 解

这是一首赠别词,写于光绪三十年(1904),当时作者刚到日本留学半个月,陈彦安、孙多琨两位好友即将归国,作者写下此词相赠,表达了对好友前途的美好祝愿以及对民众共同携手创造美好新中国的呼唤。

赏 析

"惜别多思,伤时有泪,内绌外侮交讧。"作者在与好友临别之际再次想到如今的国内局势,可谓是内忧外患交至,不禁悲从中来。"世局堪惊,前车可惧,同胞何事懵懵?"在1894年爆发的中日甲午战争时,中国战败,被迫签订了《马关条约》。1900年八国联军侵华,清政府又被迫签订了《辛丑条约》,可谓都是前车之鉴。而国内的人民却依然浑浑噩噩,甘心受清政府与帝国列强的双重压迫,令秋瑾这一批率先醒来的志士们感到痛心不已。"羡中流先我,破浪乘风。"这两句是对好友的赞许和称羡。如今好友已经先她回国,有更多的时间和机会去救国救民,令作者心中备感豪情万丈,因此用了历史上两个著名爱国将领祖逖与宗悫的典故。

下片进一步抒写对好友的期望与鼓励。"从今劳燕西东,算此行归国,立起疲癃。"虽然她们暂时劳燕分飞,但是作者相信好友归国可以使得久病不愈的中国焕发出新的生机。"智欲萌芽,权犹未复,期君力挽颓风,化痼学应隆"是作者与好友共同的主张,即破除迷信,提高民智,启迪人民的觉醒,使他们自发地投入到爱国救亡的政治活动中去。"仗綮花莲舌,启瞶振聋。唤起大千姊妹,一听五更钟!"则是希望好友能够用生花妙笔与激昂言辞,在沉闷的中国起到振聋发聩的效果。"唤起大千姊妹",更体现了作者一贯的要求妇女解放的追求。国家兴亡,匹夫有责,女子也应同样担负起救国救民的责任来。

整首词作指点江山,意气风发,不啻为一篇号召革命的檄文。这是因秋瑾具有强烈的革命精神,才能作出此等绝妙好词,如邵元冲在《秋瑾女侠遗集序》中所说:"鉴湖女侠成仁取义,大义炳然,不必以文词鸣而自足以不朽。然即以文词而论,朗丽高亢,亦有渐离击筑之风;而一往三叹,音节浏亮,又若公孙大娘舞剑,光芒灿然,不可迫视。"这首词也如公孙大娘舞剑,令人感到光芒万丈,音节嘹亮,给人以奋进的勇气与信心。

吕碧城

吕碧城（1883—1943），一名兰清，字遁夫，一字圣因，号明因、宝莲居士，安徽旌德人。幼时聪颖异常，与长姐吕惠如，皆擅填词，被当时著名诗人樊增祥所激赏。中年以后旅居欧美，卜居瑞士雪山中，以弘扬佛法为务。民国三十二年（1943）去世，年六十岁。

吕碧城是中国近代史上的一位奇女子，她不仅是著名女词人，还是中国女子教育与女权运动的先驱，中国第一位动物保护主义者，中国新闻史上第一位女编辑，中国第一位女性撰稿人。吕碧城一生建树尤广，却也从不废填词。《光宣词坛点将录》称她为"近代女词人第一"。词集初刊《信芳集》，晚年重新删定，汇集为《晓珠词》四卷。卷末自述写词初衷为："慨夫浮生有限，学道未成，移情夺境，以词为最。风皱池水，狎而玩之，终必沉溺，凛乎其不可留也！"此外著作还有《吕碧城集》《欧美漫游录》。

陌 上 花

木棉花作猩红色①，别名烽火树，和榆生教授之作②。

丹砂抛处，峰回粤秀，茜云催暝。

绚入遥空，漫认霜天枫冷。

长堤何限红心草，犹带烽烟余恨。

又花凄蜀道③，鹃魂惊化④，泪绡痕凝。

料吴蚕应妒⑤，三军挟纩⑥，不待娇丝缫损。

脸晕浓酲，艳锁猩屏人影。

鄂君绣被春眠暖⑦，谁念苍生无分？

待温回黍谷⑧，消寒同赋⑨，绛梅芳讯。

注　释

① 木棉花：落叶乔木。先叶开花，花朵大而红，结卵圆形蒴果。又名攀枝花、英雄树。

② 榆生：即龙榆生（1902—1966），江西万载人。名沐勋，师从黄侃、陈衍和朱祖谋等学习诗词与音韵学，后专力于词学研究，与唐圭璋、夏承焘、詹安泰并称为民国四大词学家，曾先后创办《词学季刊》《同声月刊》等词学期刊，著有《中国韵文史》《词曲概论》《唐宋词格律》《词学十讲》《忍寒诗词歌词集》等书，并有《东坡乐府笺》《唐宋名家词选》《近三百年名家词选》。

③ 蜀道：入蜀的道路，自古坎坷难行。唐代李白《蜀道难》诗："噫吁嚱，危乎高哉，蜀道之难，难于上青天！"

④ 鹃魂：即杜鹃，又称子规，相传是蜀帝杜宇精魂所化，常在暮春时啼叫，声悲。

⑤ 吴蚕：吴地之蚕。吴地盛养蚕，故称良蚕为吴蚕。唐代李白《寄东鲁二稚子》诗："吴地桑叶绿，吴蚕已三眠。"

⑥ 挟纩：披着棉衣，以喻得到安慰而感到温暖。《左传·宣公十二年》："申公巫臣曰：'师人多寒。'王巡三军，拊而勉之，三军之士皆如挟纩。"

⑦ 鄂君绣被：汉代刘向《说苑》记载，鄂君子皙在越地遇见一名渔夫，唱歌道："今夕何夕，搴舟中流，今日何日兮，得与王子同舟。蒙羞被好兮，不訾诟耻，心几顽而不绝兮，得知王子。山有木兮木有枝，心说君兮君不知。"于是鄂君子皙乃揄修袂，行而拥之，举绣被而覆之。唐代李商隐《牡丹》："锦帏初卷卫夫人，绣被犹堆越鄂君。"

⑧ 黍谷：汉代刘向《别录》："传言邹衍在燕，有谷地美而寒，不生五谷。邹子居之，吹律而温至生黍，到今名黍谷焉。"古代以时令合乐律，气候变暖称为"黍谷生春"。

⑨ 消寒：即九九消寒图，旧俗冬至后八十一日之计日图。简称"九九图"。元代杨允孚《滦京杂咏》卷下："冬至后，贴梅花一枝于窗间，佳人晓妆，日以臙脂图一圈，八十一圈既足，变作杏花，即回暖矣。"清宣宗道光帝曾御制九九消寒图"亭前垂柳，珍重待春风"。

题 解

这首咏木棉花的词作为唱和著名词学家龙榆生之作,在吟咏木棉花的艳丽多娇时,也寄托了作者的忧国爱民情怀。

赏 析

木棉花春季盛开,花朵硕大而红艳,十分美丽。作者形容此情景为"丹砂抛处,峰回粤秀,茜云催暝"。那簇红的花束,如美人额间一抹朱砂,如满天璀璨的晚霞。"绚入遥空,漫认霜天枫冷。"作者好像看到木棉花的虹影飘入遥远的夜空中,沾染了霜冷枫寒。"长堤何限红心草,犹带烽烟余恨。"当时正值抗日战争时期,木棉花似乎也满含着对发动这场烽烟战火的侵略者的痛恨,开满长堤的"红心草",亦是在抗战中牺牲的民族英雄精神所化。"又花凄蜀道,鹃魂惊化,泪绡痕凝。"相传杜鹃鸟是蜀帝杜宇魂魄所化,日日啼叫,直至口含鲜血,这一意象带有凄怨的家国幽恨。作者此处又以为木棉花是杜鹃的魂魄化成,花朵上的露珠犹如凝结的泪痕。上片摹写木棉花的姿态与盛开的场景,充满着一种凄艳而挥洒的美感。下片转向借木棉花以抒写情愫。将木棉花采摘晒干,可以入药,木棉花种子的表皮有白色纤维,质地非常柔软,可用来装枕头、被褥,故作者赞美木棉花道:"料吴蚕应妒,三军挟纩,不待娇丝缫损。"就算吴地出产的上好丝织品也比不过木棉花吧,如果能将木棉制成的衣物用品送给正在浴血抗战的将士该有多好啊,体现了作者对前方战事的关心。"脸晕浓醒,艳锁猩屏人影。"暗写身处后方的富豪权贵们依然饮酒作乐,过着纸醉金迷的生活。"鄂君绣被春眠暖,谁念苍生无分?"这一句颇有讽刺的意味。"鄂君"们能在温暖的绣被里日夜寻欢,谁会想到无数苍生正在忍寒挨饿,过着朝不保夕的生活呢?吕碧城深受进步民主思想的影响,热心投身于慈善与公益事业,此处也体现了一个女词人对民生的深切关怀。"待温回黍谷,消寒同赋,绛梅芳讯。"末句写与友人龙榆生的约定,等到春回大地,我们定然共同去探问梅花的芳讯,同时也有期待抗战胜利之意。词作咏物兼咏怀,亦有对国事民生的关注,在咏物词中亦属上乘佳作。

李叔同

李叔同（1880—1942），谱名文涛，幼名成蹊，学名广侯，字息霜，别号漱筒；出家后法名演音，号弘一，晚号晚晴老人，浙江平湖人，生于天津。光绪年间进士，光绪三十一年赴日本学习西洋绘画与音乐。后加入同盟会，发起成立春柳社，是中国话剧的开创者之一。归国后，加入南社。1918年在杭州虎跑定慧寺削发为僧。李叔同不仅是精研佛学律宗的高僧大德，更是著名教育家、学者，并精通书画、篆刻、诗词、音律，是西方乐理传入中国的第一人，歌曲《送别》就是经李叔同填词编曲才广为流传。著有《李庐诗钟》《护生画集》，编撰有《寒笳集》《南山律京传承史》。

金 缕 曲

东渡留别祖国,并呈同学诸子。

披发佯狂走①。
莽天涯,暮鸦啼彻,几株衰柳。
破碎山河谁收拾?零落西风依旧。
更惹得、离人消瘦。
行矣临流重太息②,说相思,刻骨双红豆。
愁黯黯,浓于酒。

漾情不断淞波溜。
恨年年、絮飘萍泊③,遮难回首。
二十文章惊海内④,毕竟空谈何有?
听匣底、苍龙狂吼⑤。
长夜凄风眠不得,度群生、那惜心肝剖?
是祖国,忍孤负!

注　释

① 披发佯狂：出自《史记·殷本纪》。商纣王暴虐残忍，箕子劝谏不听，反而欲害之，箕子无奈乃披发佯狂为奴，被商纣王囚禁。后来周武王伐纣后，才被释放出来。

② 行矣临流重太息：用战国屈原《离骚》《涉江》"长太息以掩涕兮""忽乎吾将行兮"之典。

③ 絮飘萍泊：宋代诗人文天祥《过零丁洋》："山河破碎风飘絮，身世浮沉雨打萍。"

④ 二十文章惊海内：唐代诗人杜甫《有客》："岂有文章惊海内，漫劳车马驻江干。"

⑤ 苍龙狂吼：化用自唐代诗人李贺《吕将军歌》："北方逆气污青天，剑龙夜叫将军闲。"

题 解

这首词作于1905年作者赴日本留学之际，当时中国正遭遇内忧外患，国家局势每况愈下，作者临行时，不由得触动了心中的爱国情怀与救国志向，因而写下这首慷慨悲愤的词作来抒发心志。

赏 析

"披发佯狂走。莽天涯，暮鸦啼彻，几株衰柳。"开篇用商末时箕子被迫"披发佯狂"的典故，来说明自己出国求学也是不得已而为之。当时列强分裂中国，清政府腐败无能，身为一个热血男儿，作者无时无刻不在思索着中国未来的出路。面对如此危局，不由得发出一声感慨，"破碎山河谁收拾？零落西风依旧。更惹得、离人消瘦。"谁能来拯救黎民于水火之中？这里作者化用了元代马致远《天净沙·秋思》的意境，"夕阳西下，断肠人在天涯。"而作者心中又浮现出了千年之前的爱国诗人屈原的形象，"行矣临流重太息"，如今作者也怀着与屈原共同的忧国忧民的心事，漫步于河畔，忧愁万分。"说相思，刻骨双红豆。"又化用了唐代王维《相思》的诗意："红豆生南国，春来发几枝。愿君多采撷，此物最相思。"但是这里的相思无关爱情，而是作者渴望报效祖国的拳拳赤子之心。

"漾情不断淞波溜。恨年年、絮飘萍泊，遮难回首。"南宋爱国诗人文天祥曾经感慨："山河破碎风飘絮，身世浮沉雨打萍。"如今山河破碎，作者的身世也如浮萍飘絮一般。"二十文章惊海内，毕竟空谈何有？"纵然写得一手好文章，足惊海内，但无非是纸上的一些空谈，无关于国计民生。"听匣底、苍龙狂吼。"作者感慨英雄壮志难酬，只能让手中的宝剑尘封于匣底，夜夜怒吼。"长夜凄风眠不得，度群生、那惜心肝剖？"作者此时是一个热血的爱国青年，但是依然透露出日后成为高僧禅师的消息来。为了度尽众生的苦难不惜剖出心肝，这也是佛家的慈悲情怀。"是祖国，忍孤负！"末句喊出了全篇的最强音，生于斯，长于斯，谁能忍心看着祖国一步步走向深渊，落入列强之手呢？作者不忍心辜负自己的青春年华，更不忍心看着祖国与人民陷入水深火热的境地中。整首词是作者心迹的剖陈，感情激烈，引经据典而没有斧凿的痕迹，堪称是经典之作。

吴梅

吴梅（1884—1939），字瞿安，号霜厓，别署癯安、遁飞、厓叟等，江苏长洲（今属江苏苏州）人，南社社员，曲学专家，近代戏曲理论家和教育家，历任北京大学、中山大学、东南大学（后中央大学）、金陵大学等学校教授。吴梅一生致力于戏曲及其他声律研究和教学，精通于南北曲，制谱，填词，按拍，培养了大量学有所成的戏曲研究家和教育家。主要著作有《顾曲麈谈》《曲学通论》《中国戏曲概论》《元剧研究》《南北词谱》《词学通论》等。又作有传奇、杂剧十二种。吴梅的词，大部分录入《霜厓词录》，存词一百三十七首。钱仲联《光宣词坛点将录》称吴梅为："瞿安曲学大师，严于持律。早年讲学吴门，与黄摩西游，后掌教南雍，门下士遍天下，名乃出摩西上。词笔高逸，不让东塘（孔尚任）、昉思（洪昇）擅美于前。"

临 江 仙

短衣羸马边尘紧①,五年三渡桑干②。
漫天晴雪扑雕鞍③。
旗亭呼酒④,黄月大如盘⑤。

苦对南云思旧雨⑥,杏花消息阑珊⑦。
新词琢就付双鬟⑧。
紫箫声里,看遍六朝山⑨。

注　释

① 短衣：短装。古代为平民、士兵的服装。羸马：病弱的老马。
② 桑干：河名。位于今永定河之上游。相传每年桑椹成熟时河水干涸，故名。此处化用唐代刘皂《渡桑干》："客舍并州已十霜，归心日夜忆咸阳。无端更渡桑干水，却望并州是故乡。"
③ 晴雪：比喻柳絮。雕鞍：刻饰花纹的马鞍，华美的马鞍，借指马车。
④ 旗亭：即酒楼。据唐代郑还古《博异记》记载，开元中，诗人王昌龄、高适、王之涣齐名。一日天寒微雪，三诗人共诣旗亭。贳酒小饮。私相约曰："我辈各擅诗名，每不自定其甲乙，今可密观诸伶所讴，若诗入歌词之多者，则为优矣。"王之涣因指诸妓之中最佳者，曰："待此子所唱，如非我诗，即终身不敢与子争衡矣。"须臾，次至双鬟发声，则曰："黄河远上白云间，一片孤城万仞山。羌笛何须怨杨柳，春风不度玉门关。"乃王之涣诗，三人欢醉竟日。此即旗亭画壁的典故。
⑤ 黄月：月在尘沙中呈黄色，因称黄月。化用自唐代李白《杂曲歌辞·古朗月行》："小时不识月，呼作白玉盘。"
⑥ 南云：比喻思亲、怀乡之情。晋代陆机《思亲赋》："指南云以寄款，望归风而效诚。"旧雨：出自唐代杜甫《秋述》："秋，杜子卧病长安旅次，多雨生鱼，青苔及榻。常时车马之客，旧，雨来。今，雨不来。"后以"旧雨"作为老朋友的代称。
⑦ 杏花消息：出自宋代诗人陈与义《怀天经智老因访之》："客子光阴春梦里，杏花消息雨声中。"
⑧ 双鬟：古代年轻女子的两个环形发髻，借指少女。
⑨ 六朝：孙吴、东晋、宋、齐、梁、陈，六个朝代均建都于南京，故称为六朝。

题 解

吴梅是南方人,这首词作于他在北方幕游之时,通过对北方萧瑟荒冷与南方温情浪漫景色的对比,表达了思乡忆归之情。

赏 析

开篇点明作者正处于羁旅的苦闷中,"短衣羸马边尘紧,五年三渡桑干。"化用唐代诗人刘皂的典故,指自己常年旅外,如刘皂的渡桑干是一样的心情。"漫天晴雪扑雕鞍。旗亭呼酒,黄月大如盘。"写作者淹留北方的所见所感,柳絮纷纷扬扬扑满征衫,更惹起离人思乡的愁绪。泥黄的月亮在卷天尘沙中悄悄升起,营造出北方特有的萧瑟荒凉的氛围。

过片转到对故乡南国的思念,"苦对南云思旧雨,杏花消息阑珊。"当年杜甫羁留于长安时也曾苦涩地感慨,长安的雨天如此漫长,到处长满了青苔,人的心绪也是阴暗潮湿的,以前一起游玩的同伴也不再到访了。"小楼一夜听春雨,深巷明朝卖杏花"的情景也只有在梦里重温了。"新词琢就付双鬟。"吴梅是精通音律的曲学家,如此苦闷的心思自然也想通过填词谱曲来排遣。"双鬟"与上片的"旗亭呼酒"暗合,代指旗亭画壁故事中演唱最佳的那位歌姬。"紫箫声里,看遍六朝山。""六朝山"指南方的山,主要指南京。南京是六朝的建都之地,作者想象着在一曲紫箫声中,再次欣赏到六朝烟水青山的迷蒙景致。整首词作浑厚婉转,气度潇洒,可谓词如其人。

黄侃

黄侃（1886—1935），初名乔鼐，后更名乔馨，最后改为侃，字季刚，又字季子，晚年自号量守居士，湖北蕲春人。1886年4月3日生于成都，早年入武昌普通学堂，1905年留学日本，参加同盟会，在东京师事章太炎，学习小学、经学、音韵学，成为章太炎的大弟子。归国后历任北京大学、东南大学、金陵大学教授。与章太炎并称为"乾嘉以来小学的集大成者""传统语言文字学的承前启后人"。黄侃虽是著名语言文字学家，却说"五十之前不著书"，去世前从未出版任何著作，但仍无碍其成为国学大师。经后人整理留下的著作有《黄侃论学杂著》《集韵声类表》《日知录校记》。亦精于诗词，有《繾秋华室词》。

寿 楼 春

去国已将一年，故乡秋色，未知何似，登楼眺远，万感填胸。古人有言，悲歌当哭，望远当归①。无聊之极，赖有此耳。

看微阳西斜，倚层楼醉起，秋在天涯。
怎奈乡关千里，断云犹遮。
悲寄旅，思年华，问浪游、何时还家？
想故国衰芜，长亭旧柳②，惟有数行鸦。

摧蓬鬓③，惊尘沙。
听寒风野哭，荒戍清笳。
换尽人间何世④，海桑堪嗟⑤。
凉露下，沧波遐。
澹一江、凄凄蒹葭⑥。
但遥想苍茫，招魂路赊愁转加⑦。

注　释

① 悲歌当哭句：出自《乐府诗集·悲歌行》："悲歌可以当泣，远望可以当归。思念故乡，郁郁累累。欲归家无人，欲渡河无船。心思不能言，肠中车轮转。"

② 长亭：秦汉时于道路每隔十里设长亭，称为"十里长亭"。供人休息饯别。

③ 蓬鬓：鬓发蓬乱。

④ 人间何世：南朝庾信《哀江南赋序》："日暮途远，人间何世。"

⑤ 海桑：即沧海桑田典故，出自《神仙传》："麻姑谓王方平曰：'接待以来，已见东海三为桑田。向到蓬莱，水又浅于往日会时略半也。岂将复为陵陆乎？'方平笑曰：'圣人皆言，海中复扬尘也。'"

⑥ 蒹葭：《诗经·秦风·蒹葭》："蒹葭苍苍，白露为霜。所谓伊人，在水一方。"

⑦ 招魂：即《楚辞》中《招魂》一篇。王逸《楚辞章句》："《招魂》者，宋玉之所作也……宋玉怜哀屈原，忠而斥弃，愁懑山泽，魂魄放佚，厥命将落。故作《招魂》，欲以复其精神，延其年寿。"

题　解

这首词作于民国元年（1912）秋。武昌起义后不久，黄侃在上海创办《民声日报》。至此时离开故乡正值一年。

赏　析

《寿楼春》是宋代词人史达祖的自度曲，上下阕多拗句，还有全句皆用平声字的，填调难度很大，而黄侃却能不为格律所拘，声情妥帖，韵致宛然，足见其音韵学的功力。词序揭示了主旨，即思乡念家。"看微阳西斜，倚层楼醉起，秋在天涯。"开篇笔墨挥洒，写眼前即目所见，作者在夕阳西斜时倚楼而望，秋色已经遍及天涯。"怎奈乡关千里，断云犹遮。"故乡在遥远的远方，又被暮云遮断。"悲寄旅，思年华，问浪游、何时还家？"语言流畅，作者自问何时才能归家呢？故乡已经荒芜了，游人尚未归，老树昏鸦，小桥流水，都让人倍添愁绪。

"摧蓬鬓，惊尘沙。听寒风野哭，荒戍清笳。"写作者在羁旅中的苦闷心理，风沙摧残了霜鬓，战争的烽烟连绵不断。"换尽人间何世，海桑堪嗟。"写辛亥革命爆发后社会的剧变，清政府随着延续两千多年的封建制度一同走向了灭亡，实是千年未有之大变局，用沧海桑田来形容也毫不为过。"凉露下，沧波遐。澹一江、凄凄蒹葭。"一天风露凄凉，江面上蒹葭苍苍，芦苇茫茫。让人不由得念起《诗经》中的篇章，以抒发胸中的思归情怀。"但遥想苍茫，招魂路赊愁转加。"作者的思绪再次飘向了遥远的故乡，更觉山长水远路迢迢，回乡的日子也是遥遥无期了。

整首词作以怀乡为线索，由眼前登临所见，写到家乡，又回到眼前，最后结束于一片渺渺余音中，风格凄婉，读来圆美如弹丸，充分发挥了《寿楼春》这一词调的平和流转的特质。

采桑子

今生未必重相见，遥计他生，谁信他生？
飘渺缠绵一种情。

当时留恋曾何济①？
知有飘零，毕竟飘零，便是飘零也感卿②。

注　释

① 何济：有何用处，待如何。
② 卿：对恋人的爱称。

题 解

这是黄侃写给情人的一首小令,以表白心迹,缠绵悱恻,十分动人。

赏 析

黄侃是大才子,也有着才子的风流与痴情。这首词写给恋人,故通篇直抒胸臆,未用任何典故,却更有一种感人至深的力量。"今生未必重相见,遥计他生,谁信他生?"作者因为与恋人感情受阻,预感到今生可能无法长相厮守了,托期冀于他生,而他生总是遥遥无期、不可相信的。"当时留恋曾何济?知有飘零,毕竟飘零",作者自问道,如果早已知道今日各自天涯飘零的结局,那当初还会种下相思的因缘吗?他的回答是,"便是飘零也感卿。"纵然早知今日,我亦会为当时的片刻情思而深深感怀。可谓荡气回肠,一往情深。

词作以反复咏叹的形式,将作者心中对爱情的犹疑而坚定、痴情而不悔的复杂情愫展现得淋漓尽致,也道出了古往今来陷入情网中人的共同心态。

图书在版编目(CIP)数据

清代词赏析 / 马玮主编. — 北京：商务印书馆国际有限公司，2021.8
（中国古典诗词名家菁华赏析丛书）
ISBN 978-7-5176-0818-9

Ⅰ.①清… Ⅱ.①马… Ⅲ.①词(文学)—诗歌欣赏—中国—清代 Ⅳ.①I207.23

中国版本图书馆CIP数据核字(2021)第116688号

QINGDAI CI SHANGXI
清代词赏析

主　　编	马　玮
出版发行	商务印书馆国际有限公司
地　　址	北京市朝阳区吉庆里14号楼 佳汇国际中心A座12层
邮　　编	100020
电　　话	010-65592876（编校部） 010-65598498（市场营销部）
网　　址	www.cpi1993.com
印　　刷	北京中科印刷有限公司
开　　本	710mm×1000mm 1/16
字　　数	286千字
印　　张	16.5
版　　次	2021年8月第1版第1次印刷
书　　号	ISBN 978-7-5176-0818-9
定　　价	39.80元

版权所有·违者必究
如有印装质量问题，请与我公司联系调换。